KB037691

신정일의 한국의 사찰 답사기

신정일의
한국의 사찰
답사기

우리 땅 우리 강산

깊은 산속에 들어앉은 고찰.
꽃, 나무, 깊숙한 곳의 선방 모든 시끄러움, 이곳에서는 모두 사라지네.

신정일 글

머리말

누구에게나 문을 열고 기다리는 사찰을 찾아서

"깊은 산 속에 들어앉은 고찰
꽃, 나무, 깊숙한 곳의 선방
모든 시끄러움, 이곳에서는 모두 사라지네."

당나라 때의 시인 고적高適의 〈고상시집高常詩集〉에 실린 시 한 편이다.

잠시 세상에서 벗어나고 싶을 때 찾아가면 누구에게나 문을 열고 기다리는 절, 그 절을 사찰寺刹이라고 부른다. 그 사찰과 가장 가깝게 인연을 맺었던 것은 내 나이 열다섯 살 때였다. 일찍 조숙했던 탓도 있지만 '삶이란 무엇인가'에 대한 물음이 초등학교 다닐 때부터의 나의 화두였다. 그러다 결국 '절로 들어가자. 절에 들어가 중이 되어 온 세상을 떠돌며 살자' 말 그대로 출가出家를 결심을 했다.

언제였던가 책에서 보았던 지리산 자락의 화엄사가 떠올랐다.
화엄사로 가는 전라선 아침 열차를 탔던 시절은 여름이 무르익어 가는 시절이었다. 구례역에 도착해서야 내가 집이라는 곳, 나의 울타리에서 떠나온 것을 실감할 수 있었다. 화엄사 가는 버스를 타고 가며 버스 앞에 나타났다 사라지는 강이 섬진강이라는 것을 알았고, 멀리 펼쳐진 산이 지리산이라는 것을 알았다.

집에서 뛰쳐 나왔으면 서울로 가야지 왜 절로 들어갈 생각을 했을까? 지금도 의문이지만 그 당시 나는 용기를 내어 화엄사에 들어갔고 지나가는 스님에게 다시 한 번 용기를 내어 이 절에 찾아온 이유를 이야기했다.
그 스님이 방으로 들어오라시더니 내게 물었다.
"어디서 무슨 일로 왔느냐?"
"예 전주에서 스님이 되고자 왔습니다."
내 의도를 알아차린 스님은 더 이상 묻지 않고 내가 묵을 방을 알려주었다. 그곳에서 나무를 하고 방을 치우고 밥하고 치우고 빨래하는 것을 거드는 허드렛일을 하며 지냈다.
두어 달이 지난 어느 날이었다. 스님이 방안에서 나를 불렀다. 한 참 동안을 나를 바라보고 계시던 그 스님이 나직한 목소리로 내게 말했다.
"내가 너를 예의 주시해 보았는데, 너는 아무래도 절에는 맞지 않고 세상에 나가서 사는 게 좋겠구나."
눈앞이 캄캄했다. 내 생각은 아랑곳 없이 스님

의 말은 이어졌다.

"물론 네가 큰마음 먹고 찾아와 두어 달 동안을 머문 이곳에도 길이 있지만 사람의 마음이나 생김생김이 제각각 다르듯이 길은 여러 가지가 있다. 네가 건너가야 할 수많은 길이나 강江은 여기에 있는 것이 아니고 다른데 있는 것 같다. 네가 나가서 마주치게 될 모든 순간, 모든 사람에게도 저마다 다른 길이 있다. 세상에 태어나서 살다가 가는 것 모든 것이 다 길이지만 너만을 위한 길이 세상에는 예비 되어 있다. 그리고 세상에선 누구나 혼자다. 그 혼자의 길을 가거라, 가서 세상의 바다를 헤엄쳐 보아라."

나의 행자行者아닌 행자, 나의 스님 아닌 스님 생활은 그렇게 끝이 났다. 하지만 그때나 지금이나 내가 속세를 떠나 중이 될 운명은 아니었던 모양이다. 그때 화엄사에서 구례역까지 걸어 나오면서 나는 '인생이란 예기치 않은 일들로 가득 찬 놀라운 것들로 가득 차 있는 것인지도 모른다'는 생각을 했고, 그 뒤로 오랜 나날을 방황하고 또 방황하다가 보니 흐르는 구름과 스치고 지나가는 바람을 맞으며, 온 산천을 운수납자雲水衲子처럼 떠돌며 살고 있다. 더구나 이 땅의 산천을 시도 때도 없이 떠돌다 보니 절에서 보내는 시간이 많기도 하고 절로 향하는 발걸음은 쓸쓸하면서도 편안하다.

그것을 보면 스님 팔자나 지금의 내 팔자가 거의 비슷한 것 같다. 일 년의 반 정도를 이 나라 산천을 답사하는데, 답사 중에 가장 많이 들리는 곳이 사찰이다. 그것은 불교가 이 나라에 들어온 지, 천 5백여 년의 세월이 흐르다가 보니 수많은 역사가 켜켜이 쌓여 있고, 귀중한 문화유산이 산재한 곳이 절이기 때문이다.

우리나라 사찰로 들어가는 산문 중 마지막 문인 불이문不二門은 해탈문解脫門이라고도 부른다. 불이不二는 분명을 떠난 언어의 그물에 걸리지 않는 절대의 경지를 뜻한다고 한다.
유마경의 진수를 불이법문이라고 하는데 그 법문 속에서 유마가 보살들에게 물었다.
"불이법문에 들어간다는 것은 무슨 뜻 입니까?"
이때 여러 보살들이 자신들의 체험을 통해 얻은 견해를 이야기했고 마지막으로 문수보살은 이렇게 말하였다.
"나는 이렇게 생각합니다. 모든 것은 말하려고 해도 말할 수가 없고 알려고 해도 알 수 없으므로 모든 물음과 답변을 초월하는 것이 불이법문에 들어가는 것입니다."
말을 마친 문수보살이 유마에게 물었다.
"우리들은 제각각 자신의 견해를 말하였는데 다음 차례는 유마 당신의 차례입니다. 어떠한 것을 불이법문에 들어간다고 하는 것입니까?"
그 물음에 유마는 묵묵히 말이 없었습니다. 이때 문수보살이 말했다.
"훌륭합니다. 문자와 말까지도 있지 아니한 것이 참으로 불이법문에 들어가는 것입니다."

유마가 한 번의 침묵으로 불이법문에 들어간 것을 보여준 것처럼 석가세존 역시 임종에 임하여 40여 년 간 한 자字도 설하지 않았다고 하였다. 오랜 나날 수많은 사찰을 답사한 나 역시, 사찰에 대해 아무런 것도 모르기 때문에 아무런 말도 하지 않았고, 그저 침묵한 채 바라만 보았는지도 모른다.

삶이란 잠시 이 세상에 들른 것이요生暫來, 죽음이란 잠시 돌아가는 것死暫往이라고 한다. 그렇다면 이 생에서 우리가 남길 것이 그 무엇이 있을까?
가끔씩 새벽녘이면 내 기억의 저편에서 그때 그 절에서 들었던 것처럼, 육중하면서도 나지막하게 새벽 종소리가 들린다.

2019년 11월 스무엿새,

온전한 땅 전주에서,

신정일 합장

차례

바위와 억새를 품에 안은 천관보살이 주거했던 산사 고찰

전라남도 장흥 **천관사**

천불천탑이 기러기떼처럼 솟아있는 천불산의 명찰

전라남도 화순 **운주사**

부처님 진신사리가 발견된 신라 명승고찰

경상북도 상주 **남장사, 북장사**

신정일의
한국의 사찰
답사기

원효와 의상이 수행한 천삼백 년 역사의 신라 고찰

전라남도 완주 **화암사**

몇 백 년 전이던가, 천여 년 전이던가. 사람의 역사로 이루어졌던 그 흔적들이 상처투성이 탑으로, 깨진 기왓장으로 혹은 눅눅한 바람소리로 남아 있는 폐사지를 찾았을 때의 그 안쓰러움의 기억들. 그래서 더욱 시간의 비밀을 알고 싶은 충동에 사로잡히게 만든다. 그러나 '죽은 자는 말이 없다'는 만고의 진리처럼 폐사지는 어느 것 하나 분명하게 남긴 것 없이, 무심코 그 자리를 지키고 있을 뿐이다.

전남 완주군 고산면 삽기리 삽기초등하교 뒤편 나지막한 봉림산 서쪽 기슭에 세워진 봉림사 역시 통일신라 때에 세워진 절터로 추측만 할 따름이다. 어느 때 누가 세웠고, 어느 시기에 폐사가 되었는지 확인할 길이 없다. 다만 고구려의 반룡산 연복사에 기거하던 보덕화상이 그 당시 실권자였던 연개소문이 밀교를 받아들이자 신통력으로 하룻밤 새에 전주의 고덕산으로 비래

방장을 옮겼고, 그의 제자들이 그때 세운 몇 개의 절 중 하나일 것이라는 말들만 남아 있다. 이곳이 봉림사터였다는 표지판 하나 세워져 있지 않고, 지금은 무성한 고추밭 가장자리에 감나무 한 그루만 무심히 서 있다. 그러나 밭고랑이나 밭 가장자리 여기저기엔 천년의 세월을 비바람에 씻어낸 기왓장들이 남아 있고, 길 아래 논 가운데에는 캐내지 못한 채 박혀 있는 거대한 초석들과 댓돌들이 남아 그 옛날의 번성했던 봉림사의 이야기를 들려주고 있을 뿐이다.

물론 폐사지는 국토의 어디를 가도 볼 수 있지만, 봉림사가 다른 폐사지와 다른 점은 이 절에 있었던 귀중한 문화유산들이 이곳저곳으로 뿔뿔이 흩어져서 고향을 그리워하지만 돌아가지 못하고 타향살이를 하고 있다는 사실이다.

일제의 문화침탈로 사라져버린 불교유산

군산 개정의 발산리에 큰 농장을 가지고 있었던 미찌야가 자기 정원의 조형물로 조성하기 위해 석등[보물 234호]과 오층석탑[보물 276호]을 완주군 봉림사터에서 옮겨간 것은 1940년대였다. 몇 년 후 해방이 되고 농장주인 미찌야가 일본으로 건너간 뒤엔 발산초등학교가 들어섰지만 30여 점의 석물들에 둘러싸인 봉림사터 유물들은 끝내 돌아오지를 못했다. 더더욱 가관인 것은 1970년대 말까지 봉림사터 가까운 곳 삼기초등학교에 있던 삼존불상을 비롯한 여러 점의 불교 유물들을 그 당시 전북대 박물관장이던 분이 밤중에 트럭으로 싣고 가 현재까지 전북대 박물관 앞을 장식하고 있다는 것이다.

1946년에 왜식명칭 변경 작업에 의해 일본식 명칭들을 일소한다고 했지만

보물 234호 | 군산 발산리 석등 群山 鉢山里 石燈

보물 276호 | 군산 발산리 오층석탑 群山 鉢山里 五層石塔

본정을 충무로로, 원정을 원효로로 바꾼 서울의 몇 몇 경우를 제외하고 전주시의 예를 든다면 태평동이나 노송동 등 일본식의 동인 정町이 동洞으로 바뀌었을 뿐 우리나라의 모든 동들이 일제시대의 이름을 그대로 쓰고 있는 실정이다.

1995년 광복 50주년이었던가. 일본인들이 우리나라 산의 명혈이라고 알려진 곳에 꽂았던 쇠말뚝 뽑기와 중앙청의 철거로 나라가 시끄러웠지만 발산초등학교에 쓸쓸히 서 있는 20여 점의 불교유물들이나 정작 고쳐야 할 일본식 지명들에 대해서는 누구도 말하지 않았다. 발산초등학교 문화유산들의 표지판에는 완주 봉림사지 석등과 석탑이라고 표시되어 있어야 함에도 불구하고 군산 발산리 석등, 석탑이라고 쓰여 있다.

운주를 거쳐 시루봉 아래에 이르렀다. 이 산을 넘어서 화암사花巖寺 가는 길은 장산재에서부터 시작된다. 산으로 접어들면서부터 길은 이미 죽은 길이라는 것을 어렴풋이 안다. 그렇다. 이 길, 이미 사라져버린 이 길도 불과 일이십여 년의 세월을 거슬러 올라가면 옛 사람들이 온갖 나물과 약초 그리고 도라지나 더덕을 캐러 다니던 길이었을 것이고, 사시사철 나무를 하기 위해 인근에 사는 사람들이 수없이 오르내리던 길이었을 것이다.
쏟아지는 땀을 소매깃으로 훔치고 앉자마자 모기떼들이 기습작전을 펼치고 달려들었다. 팔에서 다리에서 등에서 모기들이 물고, 또 물었다. 한참을 오르는 사이 불명산 시루봉(427.6m)에 닿았다. 운주면 가천리와 장선리를 가르며 우뚝 솟은 시루봉은 그 모양이 시루처럼 생겼다 해서 얻은 이름이다.

조선시대에 이 산에는 선인 봉수대가 있어서 남쪽으로 죽림 봉수에, 북쪽으로 화암 봉수에 응했다고 한다. 주화산에서 호남정맥과 이별한 금남정맥이 『대동여지도大東輿地圖』에 주줄산으로 표기되어 있지만 정여립 사건의 주모자 송익필의 자를 받아 운장으로 바뀐 운장산(1125m)을 지나 대둔산(877m) 가기 전에 우뚝 솟은 산이 시루봉이다. 멀리 동상 쪽으로 칠백이고지(700m)가 보이고 경천 쪽으로 봉수대산(581m)이 멀고도 가깝다. 운주면 소재지에서 길은 연산, 논산으로 이어지고, 당마루 재살 지나면 대둔산이며 앞산은 천등산(706m)이다.

발길을 반대방향으로 돌렸다. 내려가는 골짜기 길은 순조롭다. 망초꽃밭을 지나자 고당리에서 흘러내려오는 맑은 계곡물을 건넜다. 망설임도 잠깐, 시인 오규원의 아름다운 시 구절인 "한 번 젖은 자는 다시 젖지 않는다"를 따르기로 한다. 어린애처럼 물에 흠뻑 젖은 채 운주 지나 화암사 가는 말골재를 넘었다.

원효와 의상이 수행했던 신라 명찰 화엄사

화암사 가는 산길은 적막하다. 하지만 절에 이르는 길이 얼마나 아름다운지, 그 아름다운 정경이 『화암사중창기華巖寺重創記』에 다음과 같이 실려 있다.

> 절은 고산현(高山縣) 북쪽 불명산(佛明山) 속에 있다. 골짜기가 그윽하고 깊숙하며 봉우리들은 비스듬히 잇닿아 있으니, 사방을 둘러보아도 길이 없어 사람은 물론 소나 말의 발길도 끊어진 지 오래다. 비록 나무하는 아이, 사냥하는 남정네라고 할지라도 도달하기 어렵다. 골짜기 어구에 바위벼랑이 있는데, 높이가 수십 길에 이른다……. 골골의 계곡물이 흘러내려 여기에 이르면 폭포를 이룬다. 그 바위벼랑의 허리를 감고 가느다란 길이 나 있으니, 폭은 겨우 한자 남짓이다. 이 벼랑을 부여잡고 올라야 비로소 절에 이른다. 절이 들어선 골짜기는 넉넉하여 만 마리 말을 감출 만하며, 바위는 기이하고 나무는 해묵어 늠름하다. 고요하되, 깊은 성처럼 잠겨 있으니, 참으로 하늘이 만들고 땅이 감추어둔 복된 땅이다.

그렇게 오르기 힘들었던 바위벼랑 아래 철 계단을 만들어놓아, 옛길을 오르는 사람만이 그 옛날의 정취를 떠올릴 수 있는 화암사이다.

보물 662호 | 완주 화암사 우화루 完州 花巖寺 雨花樓

세월의 이끼 얹은 나무들이 하늘을 가린 오솔길에는 맑은 시냇물이 흐르고 작은 폭포들이 연이어 나타났다. 사람들의 발길이 전혀 닿지 않은 듯한 산길을 한참 올라갔다. 요란스레 물소리가 들렸다. 눈을 들어보니 70여 미터쯤 깎아지른 절벽 위에서 떨어지는 폭포소리였다.

우화루[보물 662호]는 목조로 지은 정면 3칸과 측면 3칸의 다포계 맞배지붕으로 누각형 식이다. 외부는 기둥을 세우고 안쪽은 마루를 깔았다. 대웅전을 바라보고 있는 전면 기둥들은 이층이며, 계곡을 바라보고 있는 후면은 축대를 쌓은 후 세운 공중누각의 형태를 띠고 있다. 우화루는 건축형식으로 미루어 보아 극락전을 세운 시기에 만들어진 건물로 추정되고 있다.
신라 문무왕 때의 초창된 것으로 추측돼 천삼백여 년의 세월을 견디어 온 옛

완주 화암사의 목어

절 화암사는 창건자나 창건연대에 대한 기록이 전해지지 않고 있다. 전설에 의하면 선덕여왕이 이곳의 별장에 와 있을 때 용추龍湫에서 오색이 찬란한 용龍이 놀고 있었고, 그 옆에 서 있던 큰 바위 위에 무궁초가 환하게 피어 있어서 그 자리에 절을 지은 뒤 화암사라고 했다고 한다. 또한 신라가 삼국을 통일한 뒤 원효와 의상대사가 이곳 화암사에서 수행을 했다는 기록이 남아 있어서 신라 진덕여왕 때 일교국사가 창건했다는 설과 함께 문무왕 때나 그 이전에 창건한 것으로 추정할 뿐이다.

원효, 의상 두 스님이 이곳에 머무를 때 법당인 극락전에 봉안되었던 수월관음보살水月觀音菩薩은 의상 스님이 도솔산에서 직접 친견했다는 수월관음의 모습을 사람 크기만 하게 그려서 모셨다는 기록이 남아 있다. 화암사 동쪽에

국보 제316호 | 완주 화암사 극락전 完州 花巖寺 極樂殿

원효대사가 수도했다는 '원효대'의 전설이 전하고, 의상대사가 정진한 의상대는 불명산 정상에서 남쪽 아래 그 흔적을 남기고 있다.

원효와 의상 이후 고려시대의 사찰 기록은 거의 없고, 조선 1425년 세종 7년에 전라관찰사 성달생의 뜻에 따라 당시의 주지 해총이 1429년까지 이 절을 4년간에 걸쳐 중창, 이때 화암사가 대가람의 면모를 갖춘다. 그 후 화암사는 임진왜란을 겪으며 극락전과 우화루를 비롯한 몇 개의 건물만 남기고 모조리 소실되었으며 훗날에 지어진 명부전과 입을 놀리는 것을 삼가라는 뜻을 지닌 철령재와 산신각 등의 건물들이 ㅁ자를 형성한 채 오늘에 이르고 있다.

하앙식 건축법으로 지어진 국내 유일 목조 건축물

이 절의 극락전[국보 제316호]은 중국 남조시대에 유행하던 하앙식下昻式 건축물로 지어진 우리나라 유일의 목조 건축물이라서 건축학을 공부하는 사람들의 필수 답사처이다. 형태는 정면 3칸, 측면 3칸에 맞배지붕이고 중앙문은 네 짝으로 된 분합문이며 오른쪽과 왼쪽 문은 세 짝으로 된 분합문으로 되어 있다. 건물이 지어진 시기는 조선조 초기로 추정되는 데 극락전은 남쪽을 향하여 지어져 있다. 1m 정도의 높은 기단 위에 세웠고, 전면은 처마를 앞으로 길게 빼내기 위하여 하앙下昻을 얹은 후 이중의 서까래를 가공한 것이다. 하앙이란 하앙부재를 지렛대와 같이 이용하여 외부 처마를 일반 구조보다 훨씬 길게 내밀도록 한 양식이며, 특히 건물의 높이를 올려주는 장점을 지니고 있다. 그러한 연유로 하앙식 건물은 비바람을 막아주면서도 유연한 아름다움이 빼어나 우리나라에서는 삼국시대부터 써온 것으로 알려져 있지만, 현존 양식을 찾지 못하다가 1978년 문화재 관리국에서 처음 밝혀냈다. 그러나 중국이나 일본에는 이와 같은 하앙식 건축물 구조의 실례가 많이 남아 있다. 후면의 처마는 하앙식이 가공되지 않았는데 문의 전면에는 양측의 세 짝 중 가운데 칸에는 분합문이 되어 있으며, 빗살무늬 문살로 짜인 좌우측에는 외짝의 입문이 나 있다.

기둥은 배흘림기둥[1]으로 처리되어 있다. 내부에는 가운데에 양목이 얹어져 천정의 높이가 전후 면에서 크게 움츠러들었다. 극락전의 내부 닫집에 비

---

1) 목조건축의 기둥을 위 아래로 갈수록 직경을 점차 줄여 만든 흘림기둥의 하나.

시도유형문화재 제40호 | 화암사동종 *花岩寺銅鐘*

상하는 용의 형태가 인상적이고 비천상이 특이한 형태로 걸려 있다. 극락전에는 후불탱화와 불좌대 및 업경대, 동종[시도유형문화재 제40호]이 있다. 임진왜란 때 종이 소실된 후 광해군 시절 호영 스님이 주조하였는데, 종각을 세우고 종소리로 중생을 깨우치도록 한다는 뜻으로 종 이름을 자명종이라고 했다고 한다. 또한 이 절의 특이한 점은 해총 스님의 제자들이 직접 흙을 빚어 만든 기와가 6백여 년의 세월이 흐른 지금까지 한 조각 흠도 없이 얹어져 있다는 점이다. 옛 사람들이 절을 지었던 정성과 기술은 정말로 지극한 불심이 아니고서는 만들어질 수 없었을 것이고, 현대를 살아가는 우리는 그 시대 절을 짓던 사람들의 지극한 마음에 그저 감동할 뿐이다.

구산선문九山禪門의 도도한 수행처

전라남도 곡성 태안사

남원 금지평야를 지나면 곧바로 금곡교에 접어들고 금곡교 아래를 푸르른 섬진강이 흐른다. 전북 진안군 백운면 신암리 상초막 골에서 발원한 섬진강(213㎢)의 물이 진안의 마령에서 마이산을 바라보고 임실의 오원강으로 합류해 운암댐에 접어든다. 그 물은 다시 김용택 시인의 절창 〈섬진강〉이 쓰인 진메마을과 영화 〈아름다운 시절〉의 무대였던 천담 동계를 지나 대강에 이르러 넓혀질 대로 넓혀진 뒤 이 다리 아래를 지난다.

길은 곡성 읍내로 접어들고, 지금은 사람들에게 잊힌 노래 한가락이 문득 떠오른다.

> 방구통통 구례장 구린내 나서 못 보고 / 아이고 데고 곡성장 시끄러서 못 보고 / 뱅뱅돌아라 돌실장 어지럼 병나서 못 본다

옛 시절 전라도의 장돌뱅이 사이에서 불렸던 노래 가사 중 "곡성장이 시끄럽다"고 하는 것은 사람이 엉엉 우는 곡성哭聲이라는 뜻으로 풀이한 것인데, 이 노래 외에 또 다른 노래와도 사연이 깊은 고을이다. 그 사연인즉 곡성군의 가장 높은 산인 동락산이 움직이며 노래를 불렀다는 이야기와, 삼기면에서 곡성읍으로 넘어가는 고갯길인 굇재에서 정갑산이라는 산적이 이재를 넘나드는 사람들을 해치기 일쑤였기 때문에 귀곡성이 끊일 날이 없었다고 전해지는 사연이 그것이다.

곡성은 유난히도 골짜기에 곡자가 들어간 지명이 많다. 오곡, 석곡, 죽곡이 그러한 곳인데 천 미터가 넘는 산들이 없는 데도 평균 고도가 오백여 미터가 넘는 것은, 전라남도에서 가장 높은 고원지대가 곡성에 형성된 탓이다. 섬진강가 압록에서 길은 석곡으로 휘어든다. 태안사泰安寺 가는 다리를 건너자 보성 강변에 몇 사람의 낚시꾼들이 세월을 낚고 있었다.
본래 이 마을은 행정구역상 곡성군 죽곡면 원달리인데, 지형이 온달 형국으로 되었다 하여 온달 또는 원달이라 불렀다. 1914년 일제의 행정구역 통폐합에 따라 의사, 건모, 금표, 삼송리 일부를 병합해 원달리라 하였고, 조선조에는 태안사의 출입을 금하는 금표라는 푯말을 세워 김표 또는 금표라고 불렀다고 한다.

고려 개국공신 신숭겸의 충절이 깃든 태안사 영정비각

어딘가에 있을 듯하여 찾아보았지만, 금표는 없고 고색창연한 장승 한 쌍이 눈에 띄었다. 그런데 웬걸 천하대장군은 늙수그레한 할아버지 모습이고, 지하여장군은 연지곤지 찍고 시집가는 새색시 모습이다. 온 나라 장승들을 많이도 보아 왔지만, 저렇게 예쁜 새색시 장승은 처음이다. 발길은 태안사의 들목에서 눈여겨보아야 할 영정비각으로 향했다.

'장절공태사신선생영적비壯節公太師申先生靈蹟碑' 중의 신 선생은 고구려 개국공신 신숭겸申崇謙을 말하며, 장절은 태조가 내린 시호이다. 그는 죽곡과 인접한 목사동면 출신으로, 동리산에서 수련을 쌓은 후 왕건을 도와 고려를 세웠다고 전한다.

당시 강성했던 견훤의 후백제는 927년 경주를 공격, 포석정에서 잔치를 베풀고 있었던 경애왕을 죽이고 김부(경순왕)를 대신 왕으로 세웠다. 신라의 패전 소식을 접한 고려의 왕건은 대구 달성의 공산에서 견훤의 후백제군과 피할 수 없는 운명의 일전을 벌이게 된다.

왕건은 말 탄 병사 5,000을 거느리고 견훤의 군사와 싸웠지만 대패하고 겨우 목숨만을 부지했다. 왕건이 견훤의 군사에 포위되어 생명이 위태로운 절대절명의 순간, 외모가 비슷한 신숭겸이 왕건의 옷으로 바꾸어 입고 왕건이 타고 있던 수레에 올라타 왕건으로 행세하며 김낙과 함께 싸우다 죽고 말았다.

신숭겸은 머리가 잘린 채 시신만 다시 돌아왔으나 왼쪽다리 아래 칠성七星처럼 새긴 문양을 보고 신숭겸임을 확인할 수 있었다고 한다. 이후 머리 목각을 새겨 제사를 지내고 장례를 치룬 왕건은 신숭겸의 죽음을 슬퍼하여 숭겸의 동생 능길과 아들 보甫에게 원륜이라는 벼슬을 내리고 지모사를 세워 명복을 빌어 주었다.

태안사로 가는 길

이곳에는 신숭겸의 죽음 이후가 전설로 내려오는데, 김낙과 함께 신숭겸이 전사하자 그의 애마는 머리를 물고 신숭겸이 그 옛날 무예를 닦았던 태안사의 뒷산 동리산棟裏山으로 와서 사흘 동안 슬피 울었다고 한다. 그 소리를 듣고, 태안사의 스님이 장군의 머리를 묻어주고 제사를 지냈으며, 훗날 이곳을 장군단이라 부르게 되었다고 한다.

신숭겸은 그 뒤 평산 신씨의 시조가 되었으며, 곡성의 서낭당 신으로 섬김을 받고 있다. 그의 무덤은 춘천에 있다. 고려의 예종은 김낙과 신숭겸의 후손들에게 상을 내리고 시 두 편을 지었다. 두 장수를 애도한다는 뜻의 〈도이장가悼二將歌〉는 이두문으로 된 향가 형식의 노래이다.

님을 온전케 하온 / 마음은 하늘 끝까지 미치니 / 넋이 가셨으되 / 몸 세우시

보물 제274호 | 곡성 태안사 광자대사탑 谷城 泰安寺 廣慈大師塔

보물 제275호 | 곡성 태안사 광자대사탑비 谷城 泰安寺 廣慈大師塔碑

고 하신 말씀 / 직분 맡으려 할 자분이 맘 새로워지기를 / 좋다 두 공신이여 / 오래오래 곧은 자취는 나타내신저

구산선문九山禪門의 도도한 기운이 흐르는 태안사

태안사[전라남도 문화재자료 제23호]로 오르는 산길은 호젓하다. 나무숲들이 우거진 계곡의 물길은 깊고, 세차게 흐르는 시냇물 소리는 청아하다. 산길을 돌아설 때마다 피안으로 가는 다리들이 나타난다. 자유교, 정심교, 반야교를 지나 해탈교를 돌아서면 제법 구성진 폭포가 있고, 그 폭포를 아우르며 백일홍이 한 그루 만발해 있다. 능파각[전라남도 유형문화재 제82호]을 지나 산길을 오르

전라남도 유형문화재 제82호 | 태안사능파각 泰安寺凌波閣

면 길 옆엔 한국전쟁 당시 이 부근에서의 치열한 전투를 증명하듯 전투경찰의 넋을 기리는 충혼탑이 서 있고, 얼마쯤 돌아가면 태안사의 절 모습이 한눈에 들어온다.

김존희의 글씨로 '동리산태안사棟裏山泰安寺'라고 쓰인 동판이 걸려 있고, 일주문[전라남도 유형문화재 제83호]인 봉황문을 들어서면 부도밭이다. 태안사를 중창해 크게 빛낸 광자대사 윤다允多의 부도[보물 제274호]와 부도비[보물 제275호]를 비롯해 다른 형태의 부도가 몇 개 서 있고, 부도밭 아래 근래에 만든 큰 연못이 들어서 있다. 가운데에 섬을 만들고 탑을 세웠으며, 탑에는 석가세존의 진신사리를 안치했다. 부도밭과 섬 사이를 잇는 나무다리를 만들었는데, 나무다리는 거의 썩어 있어서 출입이 금지되어 있다.

전라남도 유형문화재 제83호 | 태안사일주문 泰安寺一柱門

태안사 대웅전

광자대사 윤다는 8세에 출가, 15세 이 절에 들어 33세에 주지를 맡았다. 신라 효공왕의 청을 거절한 윤다도 고려 왕건의 청을 받아들여, 이후 고려 왕조의 지원을 받아 크게 부흥시켰다는 이야기가 전한다.

적인선사 혜철의 비를 그대로 빼어 닮은 윤다의 부도비는 비신[2]이 파괴된 채로 이수[3]와 귀부[4] 사이에 끼어 있다. 구산선문九山禪門[5]의 하나였고, 동리산파의 중심사찰이었던 태안사는 한때 송광사와 화엄사를 말사로 거느렸을 만큼 세력이 컸으나, 고려 중기 송광사가 수선결사로 크게 사세를 떨치는 바람에 위축되었다. 조선 초기 승유억불정책에 밀려 쇠락한 채로 간신히 명맥만 유지하였는데, 그나마 절이 유지된 것은 태종의 둘째 아들인 효령대군의 원당사찰이 된 것에 힘입은 바 컸다. 숙종, 영조 때 연이어 중창해 대가람이 되었으나 한국전쟁 때 모두 불타버리고 남아 있는 것은 일주문과 부도탑들 뿐이다.

청화스님의 청정 수련의 정신이 살아있는 수양도량

안마당에 들어서기 전의 큰 건물이 보제루이고, 문이 시원스럽게 열려진 대웅전은 전쟁 중에 불타버려서 봉서암에서 옮겨온 것들이다. 그 뒤 태안사가 여러 채의 건물을 새로 짓고 청정한 도량으로 이름이 높아진 것은 우리 시대

2) 비문을 새긴 비석의 몸체
3) 뿔 없는 용의 서린 모양을 아로 새긴 형상
4) 거북 모양으로 만든 비석(碑石)의 받침돌
5) 신라 말과 고려 초에 형성된 선종(禪宗)의 아홉 파(派).

의 고승 청화선사가 수십 년을 이 절에 주석하면서 이룩한 성과였다. 속명이 강호성姜虎成으로 1923년에 전남 무안에서 태어나 일본 메이지대학 철학과를 수학한 뒤 동양철학에 심취했다. 진보적 의식을 갖고 있던 그는 해방 이후 극단적인 좌우익의 대립을 지켜보다가 더 큰 진리공부를 위해 출가했다. 백양사 운문암에서 송만남 대종사의 상좌였던 금타화상을 스승으로 수행에 들어간 청화 스님은 하루 한 끼만 먹는 공양과 좌선수양을 위한 장좌불와長坐不臥[6]를 평생의 신조로 삼았다. 40여 년 동안 두륜산 대둔사, 월출산 삼견성암, 지리산 백장암 등 전국 각지의 사찰과 암자의 토굴에서 엄격히 계율을 지키면서 수도정진했다.

청화 스님은 1985년 태안사에서 주석하면서 탁발수행과 떠돌이 선방좌선을 매듭지었다. 6.25때 불타버린 후 퇴락해 있던 태안사를 다시 일으키기 위해 그해 10월 스물한 명의 도임과 함께 3년 동안 묵언수도를 계속하며 일주문 밖을 나서지 않은 채 3년 결사를 하였다. 그 당시 청화선사의 3년 결사는 세상의 이익에 급급한 채 수도 정진을 게을리 했던 불교계에 큰 충격을 주었다. 청화 스님은 이후 옥과의 성륜사를 일으켜 세웠고, 미국에 한국불교를 전파하다가 성륜사에서 입적하였다.

"불교든 기독교든 역사적으로 위대한 철학이라고 검증된 것이라면 믿어볼 만합니다. 성자의 가르침은 하나된 우주의 법칙으로 불교나 기독교는 수행법이 서로 다른 방법일 뿐 궁극적으로는 도를 지향하는 것입니다"라고 말한

---

6) 눕지 않고 늘 좌선함.

청화 스님을 시인 최하림은 "맑은 꽃 비상하게 자기를 다스린 사람에게서만 느껴지는 향훈香薰이 큰스님"이라고 표현했다. 청하스님은 모든 수행은 "정견을 바탕으로 선오후수先悟後修[7] 하는 것이니 불성체험에 역점을 두고 정진하는 것"을 강조하면서 "정견正見은 바른 인생 바른 가치관 바른 철학과 같은 뜻이며 진리에 맞지 않는 업으로 우리가 고통을 받으므로 행복을 위해서는 바른 가치관을 확립해야 하고, 거기에 따른 행동도 실천해야 한다"고 말한 바 있다.

송광 · 화엄사의 본산이던 태안사

태안사는 신라 때부터 조선 숙종 28년까지 대안사大安寺로 불려오다 조선 이후 태안사太安寺로 불렸다. 이는 절의 위치가 "수많은 봉우리, 맑은 물줄기가 그윽하고 깊으며, 길은 멀리 아득하여 세속의 무리들이 머물기에 고요하다. 용이 깃들이고 독충과 뱀이 없으며 여름이 시원하고 겨울에 따듯하여 심성을 닦고 기르는 데 마땅한 곳이다"라는 적인선사 혜철의 부도비에 써 있는 것처럼 대大와 태太의 뜻은 서로가 통하는 글자이고, 평탄하다는 의미가 덧붙여진 이름이라고 한다.

이곳에 처음 절이 지어진 것은 신라 경덕왕 원년 세 명의 신승들에 의해서였다. 그러나 태안사가 거찰이 된 것은 신라 말에서 고려 초기에 걸쳐 적인선

7) 먼저 깨달아 버리고 수행하는 것.

사 혜철과 광자대사 윤다가 이 절에 주석하면서 부터였다. 적인선사의 법명은 혜철이고 자는 체공으로 경주에서 원성왕 원년에 태어났다. 그의 어머니의 꿈에 한 스님이 서서히 걸어 들어오는 것을 보고 태기가 있어 낳았으므로 그때부터 출가할 그릇임을 알았다고 한다. 그는 어려서부터 다른 아이들과 어울리지 않고 혼자 지냈으며, 비린 음식을 먹지 않았고, 절을 찾기를 즐겨하였다. 그는 15세에 출가, 영주 부석사에서 화엄경華嚴經[8]을 공부하였다. 그것은 그 당시 널리 읽히던 사상이 화엄사상이었으며 그의 집에서 멀지 않은 부석사가 해동 화엄종찰이었기 때문이었다.

22살이 되던 해 혜철은 구족계具足戒[9]를 받게 되었고, 계를 받기 하루 전 꿈에 소중하게 생긴 오색구슬이 홀연 소매 속으로 들어오는 것을 본 혜철은 "나는 이미 계주를 얻었다"고 하였다. 그 뒤 마음과 행동을 깨끗이 하여 계율을 엄격히 지켜나가던 혜철이 가만히 생각해보니 "부처는 본래 부처가 없는데, 억지로 이름 지은 것이고 나도 본래 내가 없는 것이라. 일찍이 한 물건도 있지 않는 것이다. 자성을 보아 깨달아야 깨달은 것이고 법이 공空하다고 말하면 공한 것이 아니니다. 고요한 지혜가 지혜이다"라고 말한 후 우리나라에는 뛰어난 인물이 없다고 탄식하며 중국에 가서 공부하고자 헌덕왕 6년(814년) 30세에 당나라에 들어가 남종선 계통의 지장선사에게 배움을 받았다.

지장의 제자 네 사람 가운데 신라인이 셋으로, 도의선사와 실상산문의 개창자 홍척, 그리고 혜철이었다. 혜철은 55세에 귀국, 화순 쌍봉사에서 9년 동안

---

8) 불교 화엄종(華嚴宗)의 근본 경전.
9) 출가한 비구 · 비구니가 지켜야 할 계율

보물 제273호 | 태안사 적인선사 조륜청정탑 大安寺 寂忍禪師 照輪淸淨塔

머물렀다. 63세에 동리산문을 열었고, 선풍을 펴다가 77세에 입적하였는데, 풍수도참설로 유명한 도선이 그의 제자였다. 그가 입적한 7년 후 경문왕은 시호를 적인이라고 하고, 탑호를 조륜청정이라 내렸는데, 다만 부도와 탑비가 새겨진 연대는 불투명하다. 그의 선풍은 여선사, 광자대사로 이어졌다. 혜철의 부도와 부도비는 절의 가장 높은 곳에 자리 잡고 있다. 스님들의 선방을 지나야 하므로 일반인의 출입이 금지되어 있다가 요즘에야 사람들의 발길을 허락하고 있는데 그 배알문 안에 적인선사 혜철의 부도가 있다.

배알문은 전주가 자랑하는 명필 이삼만李三晩의 글씨로 된 현판이 걸려 있는데 통나무를 아치형으로 배치한 제법 운치 있는 문으로 유물을 향해 자연스럽게 머리를 숙이고 들어가 경배하도록 만들어져 있다. 부도는 전체 높이가 3.1미터에 달하는 팔각원당형으로 적인선사 조륜청정탑[보물 제273호]이라는 이름을 갖고 있다. 철감선사 부도와 비슷한 시기에 만들어졌지만, 화순 쌍봉사의 철감선사 부도처럼 철저한 비례 속에 구현된 화려함은 별로 없다. 그러나 땅 위에서 상륜부까지 팔각을 기본으로 삼아 조용한 장엄함을 표현했다는 평가를 받고 있다. 부도 옆에는 혜철의 행적을 비롯해 사찰에 관련된 여러 가지 내용을 적은 부도비가 서 있는데, 1928년에 파손된 비신을 새로 세

태안사 배알문

보물 제956호 | 곡성 태안사 청동 대바라 谷城 泰安寺 靑銅 大鈸鑼

보물 제1349호 | 곡성 태안사 동종 谷城 泰安寺 銅鍾

울 때 광자대사 부도비의 이수와 바꾸었다고 한다.

이 절에는 이 외에도 몇 개의 소중한 유물이 있다. 단종 2년에 만든 대바라 한쌍[보물 제956호]이 그것이고, 대웅전의 종[보물 제1349호]은 세조 4년에 만들었다가 그 종이 깨어져 선조 때 다시 고쳐 만들었다고 한다.

동리산 오동나무 우거진 숲속에선 역사의 아픈 상처가 흐르고

기왓장에 '등산로 입구'라는 예쁜 글씨가 쓰여 있고, 화살표가 있다. 개울을 건너 산길에 접어들었다. 동리산은 지도상에 봉두산으로 표기되어 있다. 봉두산鳳頭山이란 산의 형상이 봉황의 머리를 닮아서 그렇게 이름 지었다 하는데, 동리 역시 봉황이 먹고 산다는 오동이 주렁주렁 열린 오동나무 우거진 숲속이라는 뜻이다. 봉황이 사는 곳에는 오동이 당연히 있어야 함인지, 죽곡면에는 봉황과 오동에 연유한 이름이 많다. 봉정리는 대숲이 무성하므로, 대순을 먹으며 봉황이 머문다 하여 봉정리이고, 봉황이 새끼를 품고 있는 형국이라는 유봉리가 있다. 그러나 이 산 저 산 봉황의 울음소린 들리지 않고, 이름 모를 산새 소리가 산의 적막을 깨고 돈다. 한 구비, 두 구비 고갯마루를 넘어서도 정상은 멀다.

인생이란 이렇듯 구비 구비 넘어가는 산등성이나 고개 같은 것인지도 모른다. 한 구비만 넘어가면 내려가는 길이 있을 법도 한데 또 한 구비가 나타나고 그렇게 알면서도 속아 살다 보면 러시아 속담처럼 "사람은 내일을 기다리다 그 내일엔 묘지로 간다"는 말이 맞다고 고개 끄덕이며 자연에 순응하고 마는 것일지도 모르는데……. 드디어 정상이다.

주위를 살펴보니 보이는 것은 녹슨 탄피였다. 어느 세월이던가. 육십여 년이라는 세월의 저편에서 이 산하에 총소리 들리고, 총소리 멎었을 것이다. 무수히 많은 사람들이 영문도 모른 채, 이 산 속에서 가슴속에 묻어둔 그리운 이들을 부르며, 고향땅을 그리며 숨져 갔으리라.

원효와 퇴계, 공민왕의 흔적이 서린 영남 사찰의 대명사

경상북도 봉화 청량사

밤길을 달려서 우리나라 최초의 서원인 소수서원을 거쳐 소나무 숲의 거무스레한 그림자를 지나 봉황산 자락의 부석사浮石寺에 도착한 시간이 늦은 11시 30이었다. 조심스레 예정된 방에 들어 잠도 잊은 채 새벽예불을 기다렸다. 그침도 없이 비가 내렸다. 범종각 안양루에 올라서 어둠속에 침잠해 있는 무량수전을 바라보았다. 한 스님이 도량석道場釋[10]과 천수경千手經[11]을 독송하였다. 깊은 잠에 빠져 있는 천지만물을 깨우는 것이라는 도량석에 덜 깨어 있던 정신도 덩달아 깨어나고, 불 꺼진 석등 너머 무량수전의 문살에서 새어 나오는 불빛들이 가만히 문을 열고 들어섰다. 지난 봄의 새벽예불 때와 다름없이 아미타불은 자애스런 눈빛으로 방 안을 내려다보고, 촛불들은 미세하게 흔들렸다. 무량수전 안에 가득한 향냄새가 몸 안으로 스며들었다. "향

---

10) 불교 사찰에서 새벽 예불 전에 도량을 청정하게 하기 위하여 행하는 의식.
11) 불교 경전의 하나. 관세음보살이 부처에게 청하여 허락을 받고 설법한 경전.

봉화 청량사

기에는 세 가지가 있으니 첫째는 지혜의 향기며 둘째는 나눔의 향기며 셋째는 생활의 향기다"라고 『아함경阿含經』에서 말하였듯이 사람에게도 빛깔이나 향기가 있다면 우리가 지니고 있는, 우리가 가져야 될 향기와 빛깔은 어떠해야 할까?

빗소리에 겹쳐 종소리, 법고소리 들리고 낭랑한 스님의 독경소리로 예불이 시작되었다. 스무 명 남짓한 참배객들의 숨소리마저 잦아들고 새벽은 깊어 갔다. 추위가 엄습해왔다. 새벽예불이 끝난 뒤 부석사에서 아침 공양을 마치고 빗줄기가 더욱 굵어진 길을 달려 청량산 자락에 도착했다.

경북 봉화군 명호면 북곡리에 자리 잡은 청량산(870m)은 1982년에 경북도립공원으로 지정되었다. 마이산과 같은 수성암으로 이루어진 청량산은 경

외청량사

청량사 전경

일봉, 문수봉, 연화봉, 축융봉, 반야봉, 탁필봉 등 몇 개의 암봉들이 어우러져 마치 한 송이 연꽃을 연상시킨다. 산세는 그리 크고 높지 않지만 아름답게 솟아 있는 그 기이한 경관으로 인해 전국적인 명성을 얻고 있다.

청량산의 산행은 낙동강의 청량교를 지나면서 시작된다. 강변의 모든 나루가 그러하듯이 옛사람들이 배를 타고 건넜던 광석나루에는 청량교가 만들어져 그 옛날의 정취를 알아볼 수가 없지만, 청량교에서 바라보는 낙동강은 청량산의 산세와 더불어 빼어난 아름다움을 한껏 뽐내고 있다.

퇴계의 자취 서린 내청량산 가는 길

낙동강은 강원도 태백시 천의봉 너덜샘에서 발원해 황지를 지나 봉화로 접어든다. 태백산 동북부일대의 크고 작은 하천 열세 개의 물이 합쳐 안동호로 들어가고, 내성천 금호강, 황강, 밀양강, 남강 등을 합하여 다대포 앞까지 장장 517Km를 흘러 남해로 빠져드는 남한에서 제일 큰 강이다.
조선조의 학자 이익은『성호사설星湖僿說』에서 낙동강을 이렇게 말했다.

> 영남의 큰 물은 낙동강인데 사방의 크고 작은 하천이 일제히 모여들어 물 한 방울도 밖으로 새어나가는 일이 없다. 이것이 바로 여러 인심이 한데 뭉쳐 부름이 있으면 반드시 화답하고 일을 당하면 힘을 합하는 이치이다……. 풍기가 모여졌고 흩어지지 않았으니 옛날 풍속이 아직도 남아 있고 명현이 배출하여 우리나라 인재의 보고가 되었다.

그의 말은 우리나라 지도를 펴놓고 가만히 들여다보면 대체로 맞음을 알 수 있다.

제법 내린 겨울비로 골짜기의 강물은 여름 강물처럼 탁하고 드세다. 헐벗은 나무들 사이로 깎아지른 절벽들이 연이어 나타나고, 그 틈새마다 푸른 소나무들이 그 암벽들에 뿌리를 내린 채 서 있다.
이 아름다운 산세를 품은 청량산을 조선조의 주세붕은 『청량산록淸凉山錄』이라는 기행문에서 이렇게 예찬했다.

> 해동 여러 산 중에 웅장하기는 두류산(지금의 지리산)이고, 청절하기는 금강산(金剛山)이며, 기이한 명승지는 박연폭포와 가야산 골짜기다. 그러나 단정하면서도 엄숙하고 밝으면서도 깨끗하며 비록 작기는 하지만 가까이 할 수 없는 것은 바로 청량산이다.

또한 주세붕보다 여섯 살 아래이고 이곳 예안 땅이 고향인 퇴계 이황李滉은 청량산의 아름다움에 반하여 스스로의 호를 '청량산인'이라 짓고 이렇게 노래했다.

> 청량산 옥류봉을 아는 이 나와 백구 / 백구야 헌사하랴 못 믿을 손 도화로다 / 도화야 떠나지 마라 어주자 알까 하노라.

퇴계 이황이 청량산의 내청량사 가는 길 옆에 오산당吳山堂이라는 집을 짓고 후학들을 가르쳤던 연대는 확실한 기록이 남아 있지 않다. 남명 조식과 함께

청량사 오산당

한 시대를 풍미했던 이황은 남명과는 달리 벼슬길에 여러 차례를 나아갔었다. 정치가라기보다는 학자였기에 임금이 부르면 벼슬길에 나갔다가도 다시 고향으로 내려오기를 몇 차례, 그 동안에 풍기군수와 대사성 부제학과 좌찬성이라는 벼슬에 올랐었고, 그가 마지막으로 귀향한 것이 68세였다. 이황은 도산서원을 마련하기 전까지 이곳에 집을 지어 청량정사라는 이름을 짓고 학문을 닦으며 후학들을 가르친 현장이다.

아름다운 산천을 찾아 떠나고 싶은 욕망은 옛사람이나 현대인이나 별로 다르지 않을 것이다. 산길을 걷는 사이 집 한 채 보이니 바로 오산당이다. 퇴계 선생을 떠올리기도 전에 맛깔스런 차 내음으로 발길은 '산꾼의 집'이라 쓰인 찻집으로 들어섰다. 청량산 산지기를 자처하는 주인장이 걸쭉한 목소리로 차 한 잔을 건네준다. 오산당 담벼락에 기대어 청량산에서 나는 9가지의 약초를 넣어 끓인 구정차를 마시며 청량산의 이야기를 들었다.

"설악산, 월악산, 월출산 같은 명산으로도 불리고 계룡산, 지리산, 모악산 같은 영산으로도 대접받는 산이 청량산이지요."

차를 마신 후 작별인사를 나누고 오산당을 지나 내청량사에 다다랐다.

한때 융성했던 불교문화의 흔적들

연화봉蓮花峰 기슭에 자리 잡은 내청량사와 금탑봉金塔峰 기슭에 위치한 외청량사는 663년에 원효대사에 의해 창건되었다고도 하고, 문무왕 때에 의상대사가 창건했다는 설도 있다. 하지만 창건연대로 볼 때 당시 의상은 중국에 있었으므로 원효가 창건하였다는 것이 타당할 듯도 싶다. 이후 오랫동안 폐사로 남아 있던 청량사를 송광사 16국사의 큰 스님인 법장 고봉선사(1351~1428)가 중창했다고 하는데 창건 당시 승당 등 27개의 부속건물을 갖춘 큰 사찰이었다는 것만 전해져 올 따름이다. 이 두 절은 비록 거리는 다소 떨어져 있지만 상호 밀접한 연관관계를 지니고 있다고 볼 수 있다. 내청량사의 연화봉 아래 유리보전琉璃寶殿이라고 쓰인 법당이 본전이고, 금탑봉 아래 외청량사의 법당을 응진전應眞殿이라고 이름붙인 까닭이다.

청량사의 유리보전[경상북도 유형문화재 제47호]은 정면 3칸에 측면 2칸의 자그마한 건물이며, 유리보전이란 동방 유리광 세계를 다스리는 약사여래를 모신 전각이라는 뜻이다. 유리보전 안에는 약사여래상이 모셔져 있고, 획의 힘이 좋

경상북도 유형문화재 제47호 | 청량사 유리보전 淸凉寺琉璃寶殿

은 유리보전의 현판은 고려 공민왕의 글씨라고 전해지지만 확실하지는 않다. 유리보전 앞에는 가지가 세 갈래인 소나무가 한 그루 서 있는데, 『봉화군지』에 의하면 명로면 북곡리 남민이라는 사람의 집에 뿔이 세 개 달린 송아지가 태어났는데 힘이 세고 성질이 사나워서 연대사 주지가 데려가서 짐을 나르는 데 써서 이 절을 완성시키자 힘을 다했는지 죽어 절 앞에 묻었다. 그 후 무덤에서 가지가 세 개인 소나무가 생겼기 때문에 '세뿔 송아지 무덤'이라고 부르게 되었다고 한다.

이 절들은 별로 내세울 불교문화재가 남아 있지는 않지만 바위봉우리가 연꽃잎처럼 벌어져 있고, 그 가운데 들어앉은 청량사의 절터는 대단한 길지임이 분명하다. 한편 주세붕의 글에 적힌 청량산의 암자 이름들은 청량산의 이

청량사

청량산성

름이 중국 화엄의 영산에서 따온 것임을 짐작할 만하게 많다.

직소봉 아래 백운암, 만월암, 원효암, 몽상암, 보현암, 문수암, 진불암, 연대암, 벌실암, 중대암, 보문암 등이 있고, 경일봉 아래 김생암, 상대승암, 하대승암이 있으며, 금탑봉 아래 치원암, 국일암, 안중사와 상청량사, 하청량사 등 무려 19개의 절집들이 있었다 한다. 그러나 주세붕은 그 당시를 지배하던 유교적 입장에서 청량산 12봉우리 이름들을 3개를 바꾸었고 6개를 새로 지었다. 중국 태산의 장악을 본떠 의상봉을 장인봉이라 지었고, 하청량사의 너른 바위는 자신의 호를 붙여 경유대라 붙였다. 그렇지만 현존하는 지도마다 주세붕이 작명한 이름이 오르지 않고 옛 이름이 올라 있어서 그나마 다행인 이 청량산에는, 고려 말에 공민왕과 신라의 명필 김생을 비롯해 고운 최치원의 발자취가 남아 전한다.

공민왕과 노국공주의 한 많은 여생을 기억하는 청량산성

청량산 김생굴金生窟 200m 길은 가파르다. 촉촉이 비에 젖은 산길을 올랐다. 금탑봉으로 오르는 길과 갈라서 산허리를 접어 돌자 김생굴이다. 신라 때 명필 김생金生이 이 굴에서 10여 년 동안 수도하며 글씨공부를 했던 김생굴 위에선 내린 비의 조화로 폭포수가 떨어지고, 그 아래 고드름으로 만든 조각 작품이 놓여 있다. 문득 고드름이 한 겨울에 핀 야생화 같은 생각이 들어 〈야생화〉라는 노래 한 자락을 불렀다.

…… 난 한적한 들에 핀 꽃 밤 이슬을 머금었네. / 나를 돌보는 사람 없지마는

> 나 웃으며 피어났네. / 누굴 위해 피어나서 누굴 위해 지는 걸까. / 가을바람이 불어오면 져야 하는 나는 웃는 야생화…….

노래 소리와 김생폭포 소리가 어우러져 청량산에 메아리쳤지만, 김생굴金生屈에 김생의 글 한 글자도, 치원대에 최치원의 시 한 구절도 남아 있지 않음이 아쉽기만 했다. 오직 주세붕의 글 속에만 그들이 남아 있을 뿐.

금탑봉 아래 외청량사 응진전에는 공민왕과 노국공주의 영정이 남아 있고, 자그마한 산신각에 호랑이 그림이 특이했다. 산길을 내려오며 주세붕의 청량산 예찬을 생각했다.

> 이 산은 둘레가 백리에 불과하지만 산봉우리가 첩첩이 쌓였고, 절벽이 층을 이루고 있어 수목과 안개가 서로 어울려 마치 그림 같은 풍경이었다. 또 산봉우리들을 보고 있으면 나약한 자가 힘이 생기고, 폭포수의 요란한 소리를 듣고 있으면 욕심 많은 자도 청렴해질 것 같다. 총명수를 마시고 만월암에 누워 있으면 비록 하찮은 선비라도 신선이 아니고 또 무엇이겠는가.

청량사에서 마주 보이는 건너편의 청량산성을 바라보았다. 공민왕 16년(1361년) 10만의 홍건적이 압록강을 건너 쳐들어오자 노국대장공주를 데리고 이천을 거쳐 이곳에 온 공민왕은 청량산 근처에 솟아오른 축융봉 아래에 청량산성을 쌓고 1년간을 숨어 지냈다. 청량산의 아름다움이 가장 잘 조망되는 축융봉에는 공민왕이 숨어 지냈던 오아대와 공민왕당 그리고 군창의 흔적이 있다. 그곳에는 그때 새긴 바둑판이 아직도 남아 있다고 하지만 그 바둑판이 정작 어느 곳에 있는지 아는 사람은 아무도 없다고 한다. 그러나 봉화 고을 사람들은 그때 이곳에 왔던 공민왕에 대한 애정이 식지 않아서 그의 사당을 짓고 제사를 지내기도 한다. 축육봉 산성은 둘레가 16Km로 선조 28년 관찰사 이권일이 봉화군수에 명하여 크게 개축한 산성이다.

청량산에 올라 낙동강을 바라보며, 이 땅을 스치고 지나간 치욕과 상처를, 나와 나라를, 그리고 끊임없이 이어질 절망과 희망을 생각했다.

신라 8대 종찰이자
조선 초기 불교건축을 보여주는 고찰

경상남도 창녕 관룡사

한때 전주의 옛 이름이 비사벌比斯伐이라고 떠들썩했던 적이 있었다. 모 대학의 축제 이름이 비사벌이었고, 술집의 상호에서부터 크고 작은 여러 이름에 비사벌이 들어갔었다. 지금도 그 여운이 남아 건설회사 이름에 또는 여러 곳곳에 비사벌이 쓰이고 있지만 그 비사벌이 슬그머니 사람들의 뇌리 속에서 사라지게 된 원인은 경상남도 창녕昌寧의 옛 이름이 비사벌이라는 것을 알고 난 뒤의 일이다.

옛것을 아끼는 마음과 대동의식이 다른 지역의 사람들과 견줄 수 없을 정도로 남달랐던 영산은 단오날에 열리는 문호장굿, 영산 쇠머리대기, 영산 줄다리기 등 오랫동안 전해 내려온 고유의 민속놀이로 나라 안에 이름이 높다. 이 영산이 지금은 한적한 고을로 전락했지만 그냥 지나치면 서운할 아름다운 돌다리가 남아 있다.

보물 제564호 | 창녕 영산 만년교 昌寧 靈山 萬年橋

영산 동리를 흘러가는 동천을 가로질러 세워진 아름다운 돌다리 만년교[보물 제564호]는 조선조 말엽의 빼어난 석수 배진기가 만들었다. 물속에 드리운 보름달 같던 돌다리의 아름다움을 여운으로 남겨두고 관룡사 가는 길로 접어들었다.

신돈의 자취 서린 옥천사터

옥천마을을 지나면 고려 말의 신돈辛旽의 자취가 서린 옥천사터가 있다. 『신증동국여지승람新增東國輿地勝覽』 27권 「창녕현편」 '불우조 옥천사란'에는 옥천사에 대해 "화왕산 남쪽에 있다. 고려 신돈의 어머니는 바로 이 절의 종이었다. 신돈이 죽음을 당하자 절도 폐사되었으니 고쳐 지으려다가 완성되기 도 전에 돈의 일로 해서 다시 반대가 생겼기 때문에 헐어버렸다"고 기록하고 있다. 역사 속에 요승으로, 간승으로 기록된 신돈은 이곳 옥천사에서 태어났다. 본관은 영산이고 승명은 편조, 자는 요공이며 왕이 내린 법호는 청한거사였다.

당시 고려는 국내외적으로 어지러웠다. 공민왕은 새로운 인물을 불러들여 기울어져가는 국운을 전작시키려 하던 차에 신돈을 만났다. 그는 "도를 얻고 욕심이 없으며 또 천미하여 친당이 없으니 대사에게 맡기면 반드시 뜻대로 행하여 거리낌이 없으리라" 하고 생각하여 등용하기로 하였다. 신돈은 공민왕의 간곡한 청으로 조정에 들어왔고, 왕의 사부師傅가 되어 오랜 폐단의 개혁을 시도하였다.
그때 그가 가장 중점을 두고 실시한 개혁정책은 노비와 토지개혁이었다. 신돈은 '전민변정도감田民辨整都監'을 설치하면서 전국에 포고문을 발표하여 부당하게 빼앗긴 토지를 원주인에게 돌려주었고 노비로 전락한 사람들을 양민으로 환원시켰다. "성인이 나타났다"라는 농민들과 빈민들의 찬양의 뒤편에는 "중놈이 나라를 망치고 있다"라는 비난이 뒤따랐다. 기득권 세력과 공민왕의 배반으로 1371년 7월 신돈은 수원의 유배지에서 죽었다.

신돈의 집권은 공민왕 때의 복잡한 국내외 상황에서 일어났던 특이한 정치 상황이었고, 신돈의 집권기간은 6년이었다. 신돈의 개혁사상은 실패로 돌아갔지만 그만큼 민중을 사랑하고 그들의 고통과 민중고의 해결에 관심을 둔 사람이 얼마나 있었으며, 신돈에 비길 만큼 중생구제를 위한 현실적이고도

창녕 관룡사 전경

구체적인 제도를 만들어 실제로 시행에 옮긴 권력가가 몇이나 되었던가? 오랜 세월이 흐른 오늘에야 신돈을 재평가하는 움직임이 일어나 드라마로 제작되기도 하였다. 하지만 신돈은 아직도 역사 속에서 악인의 역할에 머물러 있는 것이 사실이다. 그가 태어난 옥천사터는 향토문화재 제5호로 지정되어 그 역사를 전해주고 있다.

신라 8대 종찰의 하나였던 관룡사

불우했던 한 시대의 희생양이며 혁명가였던 신돈의 자취가 어린 옥천사터를 지나 관룡사로 가는 좁은 산길을 오르다 보면 돌장승 한 쌍이 길손을 맞

보물 제212호 | 창녕 관룡사 대웅전 昌寧 觀龍寺 大雄殿

보물 제146호 | 창녕 관룡사 약사전 昌寧 觀龍寺 藥師殿

보물 제519호 | 창녕 관룡사 석조여래좌상 昌寧 觀龍寺 石造如來坐像

는다. 커다란 눈에 주먹코가 인상적인 관룡사 돌장승을 뒤로하고 조금 오르면 대나무 숲 뒤편의 관룡사에 이른다. 관룡산(739m) 중턱에 위치한 이 절은 신라 26대 진평왕 5년에 증법국사가 창건하였고 원효대사가 천여 명의 대중을 거느리고 화엄경을 설법한 큰 도장을 이룩하여 신라 8대 종찰 중의 하나였다고 전한다.

전설에 의하면 원효대사가 제자 송파와 함께 백일기도를 드렸다. 그때 갑자기 하늘에서 오색채운이 영롱한 가운데 벼락 치는 소리가 하늘을 진동시켰다. 놀라서 원효대사가 하늘을 쳐다보니 화왕산 마루의 월영삼지에서 아홉 마리의 용이 승천하는 것이 목격되었다. 그래서 절 이름을 관룡사라 지었고, 절의 뒷산 이름을 구룡산 또는 관룡산으로 지었다고 한다.

이 절은 그 후 경덕왕 7년에 추담선사가 중건하였고, 몇 번에 걸쳐서 중수를 거듭하다가 1704년 가을의 대홍수 때 약사전만 남기고 금당, 부도 등이 유실되었으며, 스님 20여 명이 익사하는 큰 재난을 당하였다. 그 뒤 대웅전을 비롯한 여러 건물들이 다시 지어져 오늘에 이르는데, 관룡사의 대웅전[보물 제212호]은 앞면 3칸인 다포식[12] 건물로 처마는 겹처마이고 지붕은 팔작지붕[13]이다.

약사전[보물 제146호]은 규모는 작지만 그 모습이 고풍스럽고 균형미가 빼어난 건물로서 맞배지붕[14]에 주심포柱心包[15] 양식의 집이다. 언뜻 보면 부석사 조사당을 연상시키는 이 건축물은 사방 1칸의 맞배지붕의 와가[16]에 삼중 대들보가 특이한 우리나라 조선 초기의 건물로 송광사의 국사당과 함께 건축사를 연구하는 데 아주 중요한 표본으로 꼽힌다. 이 건물의 또 다른 특징은 집체와 지붕의 구성 비례에서 볼 수 있다. 기둥 사이의 간격에 비하여 지붕의 폭이 두 배 가까이 될 정도로 규모가 커서 소규모의 건물임에도 불구하고 그 모습은 매우 균형 잡힌 안정감을 보여주고 있다.
약사전에는 석조약사여래좌상[보물 제519호]이 안치되어 있고, 문 밖에는 작고 아담한 석탑이 서 있다. 그러나 뭐니 뭐니 해도 관룡사가 오래도록 가슴속에 남아 있는 것은 용선대의 석가여래좌상에서 받은 강렬한 인상 때문일 것이다. 요사채의 담길을 따라 한적한 산길을 20여 분쯤 오르면 커다란 암벽

---

12) 건축 공포(貢包)를 기둥의 위쪽뿐만 아니라 기둥과 기둥 사이의 공간에도 짜 올리는 방식.
13) 지붕 위에 까치박공이 달린 삼각형의 벽이 있는 지붕. 한식(韓式) 가옥의 지붕 구조의 하나로, 합각(合閣)지붕·팔작집이라고도 한다.
14) 건물의 모서리에 추녀가 없고 용마루까지 측면 벽이 삼각형으로 된 지붕.
15) 목조건축양식인 공포의 일종. 공포가 기둥머리 바로 위에 받쳐진 형식.
16) 지붕을 기와로 인 집.

위에 부처님 한 분이 날렵하게 앉아 있다. 대좌의 높이가 1.17m에 불상의 높이가 1.81m인 이 석불좌상은 높은 팔각연화대좌에 항마촉지인降魔觸地印[17]을 하고 결가부좌하고 앉아 있는데 어느 때 사라졌는지 광배光背[18]는 찾아볼 길이 없다. 그러나 석불좌상의 얼굴은 단아한 사각형이고 직선에 가까운 눈, 오뚝한 코, 미소를 띤 얼굴은 더할 나위 없이 온화한 인상을 풍기고 있다.

보물 제295호 | 창녕 관룡사 용선대 석조여래좌상 昌寧觀龍寺 龍船臺 石造如來坐像

반야용선을 타고 극락세계로 향하는 부처님

저 멀리 눈보라를 몰아오는 바람소리가 들린다. 저 바람소리는 이 골짜기 저 골짜기의 모든 흐르는 시냇물 소리를 불러 모아 겨울 앙상한 나뭇가지들의 미세한 떨림을 한데 모아 이곳으로 불어오는지도 모른다. 또한 저 바람소리는 세상의 온갖 고난과 슬픔을 다 거두어 요원의 불길로 타오를 날을 기다리는 화왕산의 억새밭을 향해 달려오는지도 모른다.

---

17) 오른손을 무릎 위에 올려놓고 두 번째 손가락으로 땅을 가리키는 모양.
18) 부처의 몸에서 나오는 빛을 형상화한 것.

관룡사 용선대 부처님

천년의 세월을 견디며 앉아 있는 용선대의 석조여래좌상[보물 제295호] 아래 털썩 주저앉아 거대한 분화구처럼 펼쳐진 세상을 바라본다.
관룡산을 병풍삼아 눈 쌓인 작은 산들이 물결치듯 펼쳐나가고, 영산의 진산 영취산을 돌아 계성, 옥천의 자그마한 마을들이 점점이 나타난다. 누군가의 기원이고 간절한 소망인지도 모르는 채 천 원짜리 지폐 한 장이 꺼진 촛불 아래 눈보라 맞으며 젖어 있고, 여기저기 던져진 동전들이 을씨년스럽다.
어쩌면 우리나라 부처님 중에 이보다 더 외롭게 혹은 드넓게 세상을 바라보는 부처님은 없을 것이다. 또한 반야용선을 타고 극락세계로 향하는 부처님 역시 찾아볼 수 없을 것이다.

능선을 따라 오르는 산길엔 눈이 가득하다. 아무도 밟지 않은 눈길에 발자국을 남기며 간다. 우뚝우뚝 솟은 관룡산의 바위 봉우리들이 엷은 구름 속에 잠기고 희미하게 보이는 청룡암에서 누군가가 야호 소리를 지른다. 멀리 산자락들이 올라갈수록 희미해지고 가파른 산길을 시나브로 올라서니 정상이다. 관룡산 정상에는 발목까지 눈이 쌓여 있고 구름 속에 얼핏 화왕산이 나타났다 사라지면 북쪽의 저편에 있을 일연 스님의 자취 어린 비슬산은 보이지 않는다.

9백의 의병이 왜적과 맞선 화왕산성火旺山城

화왕산은 경상남도의 중북부 산악지대로서 낙동강과 밀양강이 둘러싸고 있으며, 관룡산의 남쪽에는 낙동강의 지류인 계성천이 완만하게 흐른다. 화왕산에는 목마산성과 화왕산성이 있는데, 창녕의 진산인 이 산은 그 옛날 불을 내뿜던 화산으로 불뫼 또는 큰 불뫼로 불린다. 불의 왕이라는 이름처럼 정월 대보름에는 산성 안 분지의 5,440평의 억새를 태우는 화왕산 억새 태우기로 이름이 높고, 가을단풍이 물들거나 억새가 고운 모습을 드러내는 시월쯤은 억새밭의 아름다움을 보기 위해 사람의 물결로 넘실댄다.

사적지인 화왕산성[사적 제64호]은 높이가 1.6m에 둘레가 2.6km이며, 연못이 세 개에 샘이 9군데에 군창이 있었다고 『세종실록지리지世宗實錄地理志』에 전해온다. 임진왜란 당시 홍의장군 곽재우가 성종 때부터 폐성이 되었던 것을 개수하여 의병과 선비들 9백여 명을 모아 일본군과 맞섰던 화왕산성에는 신라 진평왕 때 태사공 조계룡이 이 연못에서 태어났다는 '창녕조씨득성지지昌寧

사적 제64호 | 창녕 화왕산성 昌寧 火旺山城

曺氏得姓之地'라는 빗돌이 서 있다. 또한 한국전쟁 중에는 이 성을 사이에 두고 인민군과 국군이 치열한 접전을 벌이기도 하였다.

가는 눈발을 머금은 바람이 세차나. 행여 날아갈 세라 마음 모아 창녕사람들이 '환장고개'라고 이름붙인 산길을 내려갔다. 옛사람들이 이 산을 오를 적에 얼마나 힘들었으면 환장고개라고 이름을 지었을까. 우여곡절 끝에 산을 내려와 화왕산을 바라보았다. 누군가의 말처럼 비가 와도 눈이 와도 산은 그냥 그 자리에 변함없이 내리는 눈을 맞으며 서 있었다.
가랑비가 내렸다. 비를 맞으며 창녕읍 교상동 만옥정이라는 작은 공원에 들렀다. 이 공원에 있는 대원군의 척화비와 지방문화재로 지정된 신라시대의 석탑 그리고 진흥왕의 척경비[국보 제33호]를 보고자 함이다. 이 비는 원래 창녕

국보 제33호 | 창녕 신라 진흥왕 척경비 昌寧 新羅 眞興王 拓境碑

읍의 목마산성에 있었다. 이 비의 곁에는 성황당이 있었고 목마산성 줄기에 잇대어 고분군이 산재하여 있었다.

1914년 조선총독부의 위촉을 받아 창녕의 고적을 조사하러 왔던 도리이가 비석이 있는 것을 확인한 후 보고함에 따라 세상에 알려지게 되었다. 진흥왕 척경비가 세워진 때를 이 비문의 첫 머리에 적힌 '신사년 2월 1일'을 근거로 하여 역사학자들은 신라 진흥왕 22년인 561년으로 추정하고 있다. 그것이 사실이라면 우리나라에서 세운 최초의 비인 평남 용강군 점제현의 신사비에 이어 두 번째로 오래된 비인 셈인데, 이 비는 화왕산 기슭에 묻혀 있다가 1914년에 발견되었다.

두께가 30cm에 높이가 178cm인 자연 그대로의 화강암에다 23줄을 한문으로 새긴 이 비의 비문은 진흥왕이 나라 안을 살피고 다닌 발자취와 그를 수행했던 42명의 신하의 이름이 위계에 따라 차례차례 기재되어 있다. 그중에는 거칠부 같은 이름난 명장도 있고, 병탄한, 김무력(금관가야의 왕자)의 이름도 보인다.

김무력은 김유신의 할아버지로 진흥왕 14년 한성인 신주의 군수로 부임하여 백제 성왕을 쳐부순 공을 세운 사람이었다. 뿐만 아니라 그 비문에는 17등의 계급과 관직들을 적은 기록이 있다. 왕으로서의 통치이상과 포부를 밝히는 한편 중앙의 고관과 지방관들이 서로 협력하여 백성을 잘 이끌라는 유서를 담고 있다. 이때가 대가야가 멸망하기 불과 1년 전이었다. 그때 진흥왕은 창녕에 하주를 설치할 정도로 이 지역을 중요시하였고, 이것은 창녕을 가야지역으로의 진출을 위한 교두보로 삼으려는 의도였을 것이라고 추정하고 있다. 한편 창녕에는 가야 무덤군이 많이 남아 있다. 그러나 모두 허울만 멀쩡할 뿐 알맹이는 다 비워지고 없다.

조선총독부에 제출된 〈창녕 고분도굴 조사 보고서〉에서 "다른 유물들은 고사하고라도 유독 고분만은 놀랍게도 이백 채가 넘는 것이 하나도 남기지 않고 대부분 도굴의 난을 입은 일은 유감스럽기 이를 데 없다"라는 솔직한 고백처럼 일본인들뿐만이 아니라 해방이 된 뒤에도 도굴꾼들의 끈질긴 도굴이 그치지 않아 그야말로 토기 한 개까지도 남기지 않은 채 고분들은 파괴되고 말았다. 그 후 식민지 시대 이 땅의 민중들은 일본에 복속당한 가야의 왕들이 일본의 왕들에게 엎드려서 조공을 바치는 치욕의 역사를 배웠다. 그렇듯

600여 년의 역사를 지닌 가야의 역사는 잃어버린 왕국이 될 수밖에 없었다. 그 속에서 김해의 금관가야, 함안의 아라가야, 진주의 고령가야, 성주의 성산가야, 고성의 소가야, 고령의 대가야 등 6가야의 동맹체들이 미궁 속으로 숨어들고 말았고, 일본서기에 '임나일본부任那日本府'가 새롭게 등장하게 되었다. 지금도 일본에 가면 가야시대의 금관을 비롯한 금동장신구, 가야 토기들을 숱하게 만날 수 있으니 "역사는 항상 이긴 자의 것"이라는 말을 실감하며 창녕읍 송현동에 있는 석빙고로 향하였다. 멀리서 보면 옛 무덤 같은 석빙고에 들어갔던 창녕 사람들의 말에 의하면 여름에도 이 얼음 곳간 속에 들어가면 으스스한 한기를 느끼게 된다고 하지만 사시사철 냉장고가 집집마다 보급된 요즈음에는 그 옛날의 얼음창고는 저런 형태였구나 하고 짐작만 할 뿐이다.

시내 전체가 박물관인 창녕읍

발길을 돌려 하병수 가옥[국가민속문화재 제10호]과 술정리 동삼층석탑[국보 제34호]을 찾아가는 길은 어린 시절 새마을운동이 일어나기 전의 육십 년대식 골목길이 연상되었다.
멀리서 보아도 그 집은 알 수 있다. 집 뒤 안의 언덕 위에 오래 묵은 느티나무들이 숲을 이룬 채 서 있고, 집에 들어서면 무너져가는 집 한 채가 서 있을 것이다. 그러나 예상은 순식간에 무너졌다. 고색창연하던 문간집이 어느새 사라지고 번듯한 나무들로 새로운 집이 지어지고 있었다.

술정리의 하병수 가옥은 오백여 년 전에 지어졌다. 조선왕조 연산군 4년에

국가민속문화재 제10호 | 창녕 진양하씨 고택 昌寧 晉陽河氏 古宅

국보 제34호 | 창녕 술정리 동 삼층석탑 昌寧 述亭里 東 三層石塔

무오사화戊午史禍가 일어났다. 그때 김종직의 문하로서 조정의 벼슬을 지내던 하자연이 사화를 피하여 이곳에 내려와 살면서 지었다. 그 당시로부터 오백 년이 지난 이때까지 이 집은 해마다 지붕을 갈아 인 것 말고는 거의 옛 모습을 그대로 간직하고 있다. 억새로 지붕을 얹고 대개의 조선집에 흙을 바른 것과는 달리 듬성듬성 대나무를 엮어 지붕이 가벼워 들뜨는 것을 방지하기 위해 칡넝쿨로 서까래를 묶었다. 그래서 마루에 누워 지붕을 올려다보면 저절로 '참을 수 없는 집의 가벼움'이 실감이 나는 집이다.
정남향으로 지어진 이 집은 네 칸으로 동쪽에서부터 건넌방, 대청, 안방, 부엌이 차례로 붙어 있으며 못은 한 개도 쓰지 않았다. 하지만 1970년 나라에서 이 집을 보수하면서 용마루에 못질을 하여 옛 모습이 변하고 말았다.

하병수 가옥을 답사 후 술정리 동삼층석탑으로 발길을 옮긴다. 통일신라시대의 전형적인 삼층석탑인 술정리의 동탑은 기단과 탑신의 균형이 안 맞고, 탑신이 단정 명쾌하며, 석재의 가공 또한 예리하고 정밀하여 경주 불국사의 석가탑과 비길만한 명탑의 하나로 국보로 지정되었다. 그러나 바라보는 사람에 따라서는 왕궁리의 오층석탑이 보물이었다가 요즘에야 국보로 지정된 것을 보면 신라의 유물들에 더 후한 점수를 주었던 게 아닌가 생각된다.

천삼백 년 역사가 흐르는 경기도 대표 사찰

경기도 양평 **용문사, 상원사, 사나사**

바람 한 점 없고 햇살은 따사롭다. 봄날이다.

전주의 모악산이나 예산의 가야산처럼 용문산의 정수리에도 꼭 그래야만 될 산의 운명인 듯 거대한 철탑들이 은빛으로 빛난다. 습관처럼 고개를 돌리고 눈을 들어 산을 본다.

'용문산용문사' 편액이 걸려 있고 산문에 들어선다. 개울물소리와 뭇새들의 울음소리가 들린다. 용문산은 초입부터 울창하다. 간간히 죽은 소나무들이 눈에 밟히지만 어쩔 것인가. 죽고 태어남이 이 우주의 변하지 않을 섭리이거늘……. 용문사 일주문은 두 마리의 용이 떠받치고 있다. 천천히 오르자 벌거벗은 은행나무가 보인다. 아! 하는 탄성을 올리며 우리는 나무 앞에 섰다.

양평 용문사 전경

천삼백여 년 용문사를 지킨 은행나무

용문사龍門寺는 천삼백여 년의 역사를 지닌 고찰임에도 불구하고 그 옛날의 흔적들을 찾아보기는 쉽지 않다. 그러나 절의 초입에 들어서자마자 한눈에 들어오는 큰 은행나무로 하여 절의 역사를 어렴풋하게나마 짐작케 해준다. 마치 절을 수호하는 사천왕상처럼 늠름하게 버티고 선 용문사의 은행나무는 높이가 62m이고 둘레는 어른팔로 일곱 아름이 훨씬 넘는 14m쯤 된다. 사람의 나이로 치면 천삼백여 살이 되었음에도 불구하고 해마다 열다섯 가마쯤의 은행이 열린다는 이 은행나무는 세계에서 둘째이고, 동양에서는 제일 큰 나무이며 천연기념물[천연기념물 제30호]로 지정되었다.

천연기념물 제30호 | 양평 용문사 은행나무 楊平 龍門寺

조선조 세종은 이 나무에 정3품의 당상직을 하사하였다. 용문사의 흥망성쇠를 침묵한 채 지켜보았을 이 은행나무에는 여러 가지 사연들이 많다.

신라의 경애왕은 927년 10월에 신하와 궁녀들을 데리고 경주 포석정에서 술을 마시다가 후백제의 견훤군에게 붙잡혀 자결하였고, 경애왕의 뒤를 이은 김부가 신라의 마지막 임금 경순왕이다. 그는 후백제의 견훤과 고려 왕건의 세력에 눌려 더 이상 나라를 지탱할 수 없게 되자 935년에 천년 역사의 신라를 고려에 넘긴다. 그때 경순왕의 아들 마의태자는 "나라의 존망에는 반드시 천명이 있거늘 어찌 힘을 다하지 않고 천년 사직을 남의 나라에 가볍게 넘겨줄 수 있습니까" 하고 반대하였다. 그러나 경순왕은 시랑 김봉휴를 시켜 국서를 보내 고려에 나라를 넘기고 만다. 경순왕은 신라 천년의 역사를 그렇게 허망하게 버렸고, 이를 서러워한 마의태자는 통곡하며 서라벌을 하직한 채 금강산으로 입산 길에 오른다. 바위에 의지하여 집을 짓고 풀을 뜯어 연명하며 베옷을 입은 채 일생을 마쳤다는 마의태자가 금강산으로 가는 길에 이 용문사에 들렀다. 그때 마의태자가 심은 나무가 용문사의 은행나무라고도 하고, 의상대사가 지니고 다니던 지팡이를 꽂아 놓은 것이 뿌리를 내려 자란 나무가 이 은행나무라고도 전한다.

또다른 설로는 원효대사가 이 절을 창건한 후 중국을 왕래하던 원효대사가 가져다가 심은 것으로 보기도 한다. 이 나무는 여러 가지 전설이 전해오는데 옛날에 나무를 베려고 톱을 대었을 때 톱 자리에서 피가 나고 하늘이 흐려지면서 천둥이 쳤기 때문에 중지하였다는 설도 있고, 정미의병丁未義兵이 일어났을 때 일본군이 불을 질렀으나 이 나무만 타지 않았다는 이야기도 있다.

양평 용문사 지장전

또한 한말에 고종이 죽었을 때에는 큰 가지 하나가 부러져 나갔다는 이야기도 있고, 나라 안에 큰 일이 있을 때마다 이 은행나무가 소리쳐 운다는 전설도 전해져 온다.

원효가 창건했다는 용문사

은행나무를 뒤로 하고 계단을 오르면 절 마당이다. 용문산의 동쪽 기슭에 자리를 잡은 용문사는 신라 진덕여왕 3년(649년)에 원효대사가 창건하고, 진성여왕 6년(892년)에 도선국사가 중창했다. 그러나 그와 다른 설은 신라 선덕왕 2년(913년)에 대경화상이 창건하였다는 설도 있다. 『양평군지』에 의하면 창건 당시 당우가 304칸에 300여 명의 스님들이 머물렀다고 하지만, 절의 앉은 모양새나 그 터의 형세로 보아서 300여 명의 스님이 머물렀다는 건물이 들어섰을 것이라는 얘기는 너무 부풀려진 것이라고 볼 수 있을 것 같다. 그 뒤 몇 백 년의 기록은 찾을 길이 없다. 다만 고려가 쇠퇴기에 접어든 우왕 때 지천대사가 개풍에 있던 경천사의 대장경을 이곳으로 옮겨 대장전을 짓고, 봉안했다는 기록이 전하며, 1395년에는 조안대사가 용문사를 중창하면서 그의 스승 정지국사의 부도와 비를 세웠다는 기록이 전한다.

그 후 세종 29년에 수양대군이 부왕의 명으로 모후인 소헌왕후의 명복을 빌기 위해 보전을 지었으며, 불상 2구와 보살상 8구를 봉안하였고, 이듬해에 이곳에서 경찬회를 베풀었다. 그가 왕으로 등극한 3년 뒤에 용문사를 크게 중수하며 소헌왕후의 원찰로 삼았으나, 1907년 의병 봉기 때 일본군에 의해 불태워지는 수난을 겪는다. 그 후 취운 스님이 중창하였으나, 한국전쟁 때 그 유명한 용문산 전투의 와중에 큰 피해를 입고 만다. 지금 남아 있는 절 건물들은 1958년 이후 지어진 것들이며 정지국사의 부도와 비를 비롯한 몇 개의 부도와 석축들만이 옛 모습 그대로일 따름이다.

용문사에서 우측으로 난 산길을 오른다. '정지국사 부도비 200m'라는 팻말을 따라 오르는 산길은 수월하다. 산등성이에 정지국사의 부도[보물 제531호]가 있고, 부도비는 그 80m쯤 아래에 있다. 비교적 보존이 잘된 부도는 팔각원당형의 기본 틀에서 많이 변형된 편이지만 주위의 산세와 어울려 아름답기 그지없다.

보물 제531호 | 양평 용문사 정지국사탑 및 비 楊平 龍門寺 正智國師塔 및 碑

속명이 김지천인 고려 말의 고승 정지국사는 황해도 재령에서 1324년에 태어나 19살에 장수산 현암사에서 삭발한 뒤 참선공부에 들어갔다. 서른 살이 되던 해에 무학대사와 함께 연경의 법원사로 지공선사를 찾아가 그곳에 먼저 와 머물러 있던 나옹화상을 만났다.

중국의 여러 지역을 돌아다니며 수도하던 정지국사는 공민왕 5년에 귀국하여 무학대사나 나옹화상과는 달리 세상의 이름 내기를 기피한 채 수행에만 힘쓰다가 태조 4년 천마산 적멸암에서 입적하였다. 입적 후 사리 수습을 미루고 있던 중에 제자 지수의 꿈에 정지국사가 나타나 사리를 거두라는 분부를 내린다. 때마침 제자 조안스님이 용문사를 중창하던 차에 다비茶毘[19]때 나

19) 사신을 태워서 그 유골을 매장하는 장법.

온 사리를 모셔다가 부도와 부도비를 건립했다. 태조 이성계는 대사의 높은 공덕을 기려 정지국사라는 시호를 내렸고, 비는 당대의 명신이며 학자인 권근의 글을 받아 세웠다.

용문사를 지나 산길을 따라 오른다. 길은 두 갈래다. '등산로 9km'라고 쓰인 길과 용각바위와 마당바위로 오르는 길. 상원사는 어디로 가느냐고 물어도 아는 사람이 없다. 절은 없고 길만 있다는 애매모호한 대답 속에 절 없는 길이 어디까지고 계속된다.

불러도 대답 없는 상원사, 보이지 않는 상원사

상원사上院寺는 우리들에게 제 모습을 보이지 않았던 것처럼 어느 때 누가 창건했고, 어느 때 쇠락되었는지 또한 알 길이 없다. 다만 정지국사의 제자였던 조안 스님이 태조 때 중창하였고, 사적에 따르면 무학대사가 왕사를 그만둔 후 잠시 머물렀다고 한다. 그 뒤 세조에 얽힌 이야기가 전해 온다.

왕위에 오른 8년쯤 뒤에 이 일대에 사냥을 하던 중이었다. 날이 갑자기 캄캄해지면서 비에 우박까지 섞여 내렸다. 그때 별안간 날이 밝아지며 상공에 관세음보살이 나타났다. 모두 관세음보살을 향하여 경배를 하였다. 세조는 신하들의 간청을 받아들여 그날까지의 나라의 죄인들을 모두 풀어준 후 상원사를 중창하였다. 고려 멸망 이후 왕자의 난과 단종 폐위에 따라서 쌓인 시대의 원한을 모두 풀어 나라의 안녕을 도모했다는 점에서 상원사가 차지하는 비중은 크다고 할 수 있다. 그러나 이 절 또한 의병 봉기와 한국전쟁 당시 건물들이 모두 불에 타고 말았다. 남아 있는 문화재는 없고 청동범종이 있었으나, 일본인이 훔쳐갔고, 훔쳐갔던 그 범종을 나라에서 되찾아와 지금은 서울의 조계사에 보존되어 있다. 그래도 오르는 데까지는 올라야지. 한 발 한 발 힘겹게 올라보니 육중한 철탑을 머리에 인 채 서 있는 용문산의 주봉 석가봉이다.

경기의 금강산으로 이름이 높은 산

용문산은 경기도에서 가평군에 있는 화악산, 명지산 그리고 국망봉 다음으로 높다. 북쪽의 봉미산, 동쪽의 중원산, 서쪽의 대부산을 바라보고 있는 용문산은 산세가 웅장하고 빼어나며, 골이 깊어서 예로부터 경기의 금강산으로 이름이 높다.

용문산이 언제부터 용문산이라는 이름으로 불렸는지는 정확하지 않으며, 용문산의 옛 이름은 미지산彌智山이다. 『대동여지도大東輿地圖』나 『동국여지도東國輿地圖』에는 용문산으로 나와 있지만, 그보다 앞선 신경준의 『산경표山經表』에는 일명 '미지'라고 부른다 하였고, 『동국여지승람東國輿地勝覽』에서는 "용문사는 미지산에 있는데, 그 산 이름은 용문이라는 절 이름으로 부른다"라고 밝히고 있다.

『용문사 중수기』나 이색李穡이 지은 『대장전기大藏殿記』 또는 〈정지국사비문正智國師碑〉과 〈원증국사석종명圓證國師石鍾銘〉에도 미지산彌智山 용문사, 미지산 사나사로 표기되어 있다. 그 미지산을 스님들은 "용문산의 고승 대덕들의 덕풍

지광德風知光이 미만彌漫해 있었다"라는 말로 풀이하는데 미지란 바로 미르, 곧 용龍이란 뜻이 되기 때문이다.

『동국여지승람東國輿地勝覽』에 의하면 양평군은 '용문에 의지하고' 있는 곳이며, 용문이란 곧 용문산을 의미한다. 조선시대의 어느 시인이 읊은 대로 "큰 뫼 뿌리가 하늘을 꿰뚫어 동이를 엎은 것" 같이 서 있는 양평의 진산, 용문산을 두고 조선시대의 시인 이적은 "왼쪽으로는 용문산에 의지하고, 오른쪽으로는 호수를 베개 베었다"라는 시를 남겼다.
산세가 지리산에 비할 바는 아니지만 북한강과 남한강이 산을 에워싼 채 흐르고 사방으로 뻗어내린 산줄기에 계곡들이 깊다. 도처에 기암괴석 사이로 흐르는 시냇물이 절경을 이루고 있다.

하산하는 길에 다시 들른 용문사의 절 마당에는 사람들로 가득하다. 지나가던 경상도 밀씨의 두 할머니가 주고받았다. "시상에 어찌 저렇게 자랐노", "글쎄 말이다", "백년도 아니고 이백년도 아니고 천여 년의 세월을 저렇게 꿋꿋하게 살아날 수 있다니……." 중얼거리는 소리를 뒷전에 두고 사나사舍那寺로 향하는 길에 초의선사草衣禪師 의순意恂이 이곳 용문산 아래를 지나며 지은 〈조과사찬早過斜川〉이라는 시 한편이 떠올랐다.

> 가벼운 안개 날리는데 새벽빛이 맑더니,
> 솟아오르는 해가 적성 위에서 아름답구나.
> 추운 아침이라 시냇물에서 김이 일어나는데,
> 기슭이 높아 사람은 나무를 넘어뜨리며 가노라.

경기도 양평 용문산 사나사

숲이 깊은 데는 아직 피어 있는 꽃이 보이고,

봄은 갔지만 좋은 새 소리가 들려온다.

슬픈 마음으로 용문산 아래 길 내려가노라니,

보방이 남아 있어 야인이 밭 갈게 하는구나.

푸른 이끼에 묻어 있는 세월의 무게

예로부터 옥처럼 맑은 우물이 있으므로 옥우물, 옥천수, 옥천이라 이름붙인 양평군 옥천면 용천리의 사나사舍那寺는 신라 경명왕 7년에 대경대사 여엄과 그의 제자 용천이 함께 창건하였다. 고려 공민왕 16년에 태고 보우왕사가 중

경기도 유형문화재 73호 | 원증국사 석종비 圓證國師 石鐘碑

경기도문화재자료 제21호 | 사나사 3층석탑 楊平龍川里三層石塔

창하였으며, 이 절 역시 다른 지역의 경우처럼 1907년 의병 봉기 때에 불타 버린 것을 새로 지었다.

이 사나사에는 원증국사 석종비[경기도 유형문화재 73호]와 사나사 3층석탑[경기도 문화재자료 제21호]이 남아 있다. 원증국사는 고려 말의 고승 보우를 말하는데, 그는 양근군 대원리에서 태어났다. 소나무 뒤편에 자리 잡은 석종부도는 표면에 아무 조각도 없는 소박한 느낌을 전해주지만, 푸른 이끼가 얹어져 세월의 무게를 더하여 준다. 원증국사비는 새로 지어지고 있는 비각에 가려 보이지 않았는데 인기리에 방영되었던 대하드라마 〈용의 눈물〉에서 재평가된 풍운아 삼봉 정도전이 글을 지었고, 비문은 의문이 글씨를 써서 우왕 12년에 세워졌다.
그 비문은 이러하다.

> …… 고려국사 이웅존자가 소설산에서 입적하였다. 문인들이 화장한 곳에서 사리를 얻으니……. 강후 말령이 돌을 깎아 종을 만들어 사리를 간직해 사나사에 안치하였다.

그러나 원증국사의 부도비는 한국전쟁 때의 치열한 전투를 온몸으로 보여주듯 총탄자국이 문풍지에 구멍이 숭숭 뚫린 듯하다. 이 사나사 원증국사 종비의 왼쪽에는 양근함 씨 시조를 모신 함씨각이 산신각과 함께 나란히 세워져 있고, 부근에는 함왕혈咸王穴이 있으며, 산중턱에는 함왕성이라는 성터가 남아 있다.

국토 최남단에 위치한 호남 불교문화유산

전라남도 해남 미황사

불 켜진 대웅보전에 옆문을 열고 들어가 엎드려 절한다.

"내가 내 속에서 거듭나게 하소서. 나를 좀 더 자유롭게 하소서."

절을 마친 후 무릎을 꿇고 앉자마자 허겁지겁 한 스님이 들어오고, 그 스님은 숨이 가쁘게 절을 올린다. 나도 덩달아 숨이 가쁘고 가만히 나는 내안으로 들어간다. 그것도 잠시 스님의 고함소리에 화들짝 깨어난다.

"누구여, 지금 사진 찍는 사람이."

스님은 부리나케 일어나 문을 닫아버리고 연이어 보살들이 들어온다. 나이 지긋한 보살님들이 쌀을 채운다. 촛불과 향을 사른다. 그때 다시 스님의 격한 소리가 터져 나온다.

"보살님들 촛불 켜고 향 피운다고 복 받는 줄 아는 개벼, 아니여, 가만히 앉아서 참선이나 혀. 보살님들이 가지고 온 걸 다 피우고 그러다 보니 나라가 요모양 요꼴이여. 봐 이렇게 다 쓰지도 않고 버린 많은 초들, 내가 이렇게 다

명승 제59호 | 해남 달마산 미황사 海南 達摩山 美黃寺

모아 놨잖여."

스님의 한바탕 야단이 싫지 않다. 그러나 보살님들이라고 하던 걸 멈추겠는가. 마음속에 부처 있으면 실천 속에 사랑도 자유도 있다.

달마산 바람재엔 남도바다가 지척이고

달마산 산행은 현산면 월송리 송촌마을에서부터 시작된다. 마을 이름에는 소나무가 울창하지만 소나무는 찾을 길이 없고 포도넝쿨 대신 양다래 나무 넝쿨이 마당 안에 그득하다. 마을 안 삼거리에서 애망골로 접어든다. 찔레꽃들이 하나 둘씩 피어나고 산자락 아래엔 오동나무 꽃들이 눈부시다. 저수지 지나 오솔길로 접어들어 김해 김씨 묘비를 지나 희미한 길 속으로 들어서자 샘 하나 보인다. 물이 떨어질 때 총창하고 떨어진다고 해서 총창샘이라고 이름이 붙은 샘에서는 산개구리 두 마리가 짝짓기를 하고 있고, 그 옆에는 굿당이 차려져 있다.

길은 무성하다. 누구의 것인지도 모를 쌍무덤을 지나 무명봉에 이르면 완도의 바닷가에 파도소리 들리고, 저만치 해남의 두륜산이 지척이다. 완도쯤일까 고금도쯤일까, 멀리서 교회 종소리가 들리고 미황사에서는 범종소리 들린다. 늦게 핀 앉은뱅이 철쭉꽃들이 영롱한 이슬방울을 머금은 채 기는 바람에 흔들린다. 한참동안 너덜겅을 오르자 안개 자욱한 바람재에 닿는다. 바위 봉우리들이 기묘한 형상으로 맞이하고 바람재에 살포시 바람으로 앉는다. 얼마나 바람 끝이 매서웠으면 작은 바람재 큰 바람재라는 이름이 붙었고, 얼마나 부는 바람에 시달렸으면 나무들마다 크지 못하고 저렇게 오그라든 듯 혹은 땅에 붙을 듯 낮게 낮게만 자랐을까. 세상의 온갖 바람을 맞으며 사람들은 살고 있고 잠시의 휴식을 취한 뒤 거친 세상의 능선 길을 쉼 없이 오르고 또 내려갈 것이다. 길은 희미하다. 바위와 바위 틈새를 비집고 꽃들이 피어있다. 언뜻 구름 사이로 희미한 다도해의 바다가 보인다. 달마산의 진품인 수정굴과 등이 터진 동굴을 지나 가파른 바위 길을 걷는다.

달마산을 병풍으로 두른 미황사의 자취

황금 억새밭이라고 이름이 붙었지만 지금은 철쭉꽃들만 흐드러지게 피어 있다. 철쭉밭과 너덜지대가 뒤범벅된 바위 길을 따라 한참을 다시 오르니 불썬봉이다. 전라도 사투리로 '불 써 있는 봉우리'라는 달마산의 정상 봉화대는 조선시대에 축조하였다고 한다. 지금은 알맞게 허물어지고 흐트러져 옛 정취를 일깨워줄 따름인데 이 불썬봉에서 피운 봉화불이 갈두산으로, 완도의 상황봉과 좌일의 좌곡산으로, 화산의 관두산으로 함성처럼 퍼져나가고 들불처럼 번져갔다.

달마산은 예로부터 남쪽의 금강산이라고 불렸다. 그래서 태풍을 만나 표류해 온 송나라의 벼슬아치는 "해동 고려국에 달마영산이 있어 그 경치가 금강산보다 낫다 하여 구경하기를 원하였더니 이 산이 바로 달마산이로구나"라고 감탄하였다고 한다. 이 산을 일컬어 바위가 병풍처럼 둘리쳐 있고, 대봉이 날개를 파닥이는 형상이라 하고 또는 사자가 웅크리고 포효하는 형상이며, 용과 호랑이가 어금니를 드러낸 듯하다고 말한다.

안개는 어느덧 걷히고 산 아래쪽에 미황사가 나타난다. 독경소리 들려온다. 다시 길은 홀애비 바위로 뻗어 있다. 기기묘묘한 바위 숲들이 나타나고 금세 사라진다. 문바위다. "조금이라도 뚱뚱한 사람은 돌아가시오"라고 쓰여 있는 것처럼 겨우 한 사람이 통과할 수 있지만 통과 못하는 사람은 아무도 없다. 이 달마산에는 몇 개의 이름난 샘물이 있다. 작은 금샘金泉과 큰 금샘이 그것이다. 금샘이 발견된 것은 불과 몇 년 전 일이고 금샘의 물은 이름 그대로 금빛을 띠고 있다고 한다. 아침햇살을 받을 때 물의 빛깔이 금빛으로 빛난다는데, 금빛으로 빛나는 물을 보기란 그리 쉬운 일이 아니라고 한다. 미황사 스님들이 즐겨 마셨을 금샘에 도달했을 때 작은 안내문이 써 있었다.

"금샘(하늘샘)이 막히면 하늘길이 막힙니다. 마음속에 등불을 밝히십시요."

작은 바위구멍 속에서 샘솟듯 솟아나는 금샘 물을 마시고 미황사로 하산한다. 불경소리 들으며 걷는 길은 걸을 만하다. 이십여 분 내려왔을까, 미황사에 닿는다. 미황사 대웅보전 앞마당을 가득 메운 여러 형태의 연등 숲과 사람들의 숲을 지나 요사채에 들어가 늦은 점심공양을 받았다.

소가 멈춘 곳에 절을 지으면 국운과 불교가 함께 흥왕하리라

미황사[명승 제59호]는 전라남도 해남군 송지면 서정리 달마산에 있는 절이다. 우리나라 육지의 최남단에 위치한 이 절은 대한불교조계종 제22교구의 본사인 두륜산 대흥사의 말사로서 통일신라시대 경덕왕 때에 의조 스님이 창건하였지만 확실한 창건연대나 사적에 대한 기록은 별로 없다. 다만 부도밭 가는 길에 숙종 때 병조판서를 지낸 민암이 지은『미황사 사적기』에는 창건 설화가 이렇게 쓰여 있다.

> 749년 8월에 한 척의 돌배가 아름다운 범패소리를 울리며 땅 끝에 있는 사자포 앞바다에 나타났다. 그 배는 며칠 동안을 두고 사람들이 다가서면 멀어지고 돌아서면 다가오고는 하였다. 이때 의조화상이 두 사미승과 제자들 백여 명을 데리고 목욕재계한 후 기도를 하며 해변에 나아갔더니 배가 육지에 닿았다. 배에 의조화상이 오르니 배 안에는 금인이 노를 잡고 있었고 금으로 된 함과 검은 바위가 있었다. 금함 속에서는『화엄경(華嚴經)』,『법화경(法華經)』같은 불교경전과 비로자나불 문수보살, 보현보살과 40성종 53

선지식, 16나한과 탱화 등이 들어 있었다. 옆에 있던 검은 바위를 깨뜨렸더니 검은 소가 뛰어나와 금방 큰 소가 되었다.

그날 밤 의조화상의 꿈에 금인이 나타났다. 그는 자기는 우전국(인도)의 국왕인데 "금강산이 일만 불을 모실 만하다 하여 배에 싣고 갔더니 이제 많은 사찰들이 들어서서 봉안할 곳을 찾지 못하여 인도로 되돌아가던 길에 금강산과 비슷한 이곳을 보고 찾아왔다. 경전과 불상을 이 소에 싣고 가다가 소가 멈추는 곳에 절을 짓고 안치하면 국운과 불교가 함께 흥왕하리라" 하고는 사라지고 말았다. 다음 날 의조화상은 소에 경전과 불상을 싣고 가다가 소가 크게 울면서 누웠다가 일어난 곳에 통교사를 창건하였고 마지막 멈춘 곳에 미황사를 세웠다. 절 이름을 미황사라고 지은 것은 소의 울음소리가 지극히 아름다웠다고 하여 미(美)자를 넣었고 금인의 빛깔에서 황(黃)자를 따왔다고 한다.

이 창건설화는 〈금강산 오십삼불설화〉와 관련이 있으면서, 앞부분은 검단선사가 선운사를 창건할 때 죽도 앞바다에서 돌배를 받아들이는 장면과 흡사하다. 이 창건설화는 우리나라 불교의 남방전래설을 뒷받침하는 귀중한 자료가 된다. 불교의 남방전래설은 우리나라 불교가 4세기 말 중국을 통해서 전파되었다는 통설과는 다르게 그 이전 1세기경 낙동강유역에 건국한 가야와 전라도 남해안 지방으로 직접 전래되었다는 주장이다. 물론 이 주장은 구체적인 고증 자료가 없지만 가야라는 나라 이름이 인도의 지명을 그대로 따르고 있다는 점과 허 황후와 수로왕의 전설 그리고 지리산의 칠불암 설화를 두고 볼 때 그리 허황된 것만으로 볼 수 없을 것이다.

비문을 쓴 면암은 이 설화의 뒤 끝에 "석우와 금인의 이야기는 너무 신비해 속된 귀는 의심이 갈 만하지만 연대를 따져 고증하려는 것은 맞지 않는 일이다. 지금이라도 미황사에 가면 경전과 금인, 탱화, 성당 등이 완연히 있다" 하고 자신의 견해를 밝혔다.

스님들의 한 맺힌 사연은 궁고 소리로 사라지고

지금 미황사에는 그러한 창건설화를 뒷받침할 만한 어떠한 유물도 없고 이 조화상에 대한 행적도 남아 있지 않지만 미황사 아랫마을 이름이 예전에 불경을 짊어지고 올라가다 쓰러졌던 소를 묻었다 하여 우분동(쇠잿동)이라는 이름으로 남아 있을 따름이다.

달마산의 미황사가 번성하였을 때는 통교사를 비롯해 도솔암, 문수암, 보현암, 남암 등의 열두 암자가 즐비하였고 고승대덕들이 대를 이어 기거하였던 절집이었지만, 대웅전과 응진전 및 요사채만 남긴 채 쓸쓸한 절로 쇠락했었다. 그러나 요근래 대대적인 중창불사가 이루어져 옛 모습을 찾을 길이 없지만, 아래 서정리 마을 사람들 사이에는 창건설화만큼이나 극적인 미황사 패망기가 전해온다.

정확하지는 않지만 어림잡아 150여 년 이쪽 저쪽이었을 것이다. 그 당시 미황사에는 이곳 치소마을 출신의 혼호 스님이 주지로 있었으며 40여 명의 스님들이 머물며 수도를 하고 있었다. 절의 문전옥탑이 40여 두락이 넘었고, 저수지터에는 물레방아가 있었던, 재산이 많기로 유명한 절이었다. 당시 절에서는 더 큰 중창불사를 벌이려고 스님들이 궁고[20]를 차려 해안지방을 순회하여 시주를 받았다.

어느 날 궁고에서 설장구를 맡은 스님이 아리따운 여인에게 유혹을 받는 꿈을 꾸었다. 그 스님은 꿈이 불길하여 오늘은 공연을 쉬자고 하였으나 주지스님이 "내가 알고 하늘이 있는데 무슨 필요가 있느냐" 하고는 궁고를 강행하였다. 그러나 그들은 완도, 청산도로 공연을 하러 가던 중 폭풍을 만나 배가 파산되어 설장구치던 스님 한 사람만 구사일생으로 살아남고 떼죽음을 당하고 말았다. 이후 미황사에는 나이 많았던 스님 몇 분과 궁고를 꾸리느라고 투자했던 빚더미만 남긴 채 미황사는 망해버렸다는 것이다.

그 뒤 청산도 사람들에 의하면 미황사 스님들이 빠져 죽은 그 바다에서 바람이 불고 비가 오는 날이면 궁고 치는 소리가 들린다고 하고, "설장구가 없기 때문에 굿이 안 째여 재미가 없어 못하겠다" 하는 목소리를 들은 뱃사공도 있다고 한다. 또한 서정리 사람들에겐 비바람 몰아치는 날이면 "미황사 스님들 궁고 치듯 한다"는 표현들이 계속적으로 전해온다.

미황사 괘불에 얽힌 기우제 이야기

미황사의 대웅전[보물 제947호]은 정면 3칸과 측면 3칸의 겹처마 팔작지붕의 다포식 건물로써 1982년에 발견된 대들보에 의하면 1751년에 중수된 것으로 밝혀졌다. 막 허튼 돌로 기단을 쌓은 위에 우아한 차림새로 서 있는 모습과

20) 군고라고도 한다. 해남지방에서는 농악을 이르는 말로 임진왜란 때 승병들이 전투를 할 적에 진을 짜고 사기를 높이기 위해 사용했던 행사.

보물 제947호 | 해남 미황사 대웅전 海南 美黃寺 大雄殿

내부를 장식한 문양과 조각이 뛰어나서 조선 후기 다포양식의 건축으로는 단연 돋보이는 솜씨이다. 이 미황사에는 망해버린 전설보다도 더 흥미로운 여러 이야기가 전해오는 데 그중 하나가 영험 있는 하나님의 마누라라고 알려진 미황사 괘불掛佛에 얽힌 이야기다.

미황사 대웅전이 중수되던 시절에 제작된 미황사의 괘불[보물 제1342호]은 가뭄에 내걸고서 제사를 지내면 비가 내린다는 속설이 전해져 왔다. 돼지를 잡아 사찰 주변에 피를 뿌린 다음 지극 정성으로 기우제를 올리면 하나님이 자기 마누라가 있는 곳이 지저분해져 비를 뿌려 씻어낸다는 것이다.
이러한 기우제는 우리나라 도처의 민간신앙에 널리 퍼져 있기도 하지만 미황사의 기우제는 오랫동안 계속되어온 연중행사라고 할 수 있다. 몇 년 전

보물 제1342호 | 미황사 괘불탱 美黃寺掛佛幀

에는 비가 내리지 않아 기우제를 지내던 중에 빗줄기가 쏟아져 하나님의 마누라라는 괘불이 비에 흠뻑 젖기도 했다.

대웅전 뒤편의 응진당[보물 제1183호] 역시 비슷한 시기에 지어졌으며 내부 벽면에 그려진 벽화는 유려한 선맛이 뛰어나다. 한편 미황사 사람들의 12채 궁고는 송지면 산정리 마을에 전해져 오고 그 아홉 진법 궁고의 깃발에는 바다거북이 위에 올라탄 삿갓을 쓴 스님이 그려져 있어 그 옛날의 전설을 실감케 해주고 있다.

우리나라 곳곳의 문화유산의 현장을 찾아다니다 보면 국보나 보물보다 훨씬 더 아름다우면서도 정감이 가는 곳들이 있다. 귀신사 대적광전 뒤편 언덕으로 올라가는 계단에서 바라보는 청도리 일대의 풍경이 그러하고, 다산초당에서 백련사 넘어가는 산길이 그 범주에 속하며, 미황사에서 부도밭에 이르는 산길과 부도전이 그러하다. 미황사 부도밭으로 가는 길은 그리운 고향집을 찾아가는 오솔길처럼 좁지도 넓지도 않을 뿐더러 김용호 시인의 시 한 구절처럼 '바다가 보이

보물 제1183호 | 해남 미황사 응진당 海南 美黃寺 應眞堂

는 산길'이라서 더욱 좋다.

시절도 없이 울어대는 뭇새들의 울음소리와 늦게 피어났음을 부끄러워하듯 숨이 있는 철죽꽃의 아름다움을 발견하다 보면 부도전에 이른다. 이미 쇨 대로 쇠어버린 두릅나무들이 앙상한 가지를 드러낸 채 바람에 흔들거리고, 무너진 돌담 사이에 옹기종기 모여 앉아 얘기를 나누는 마을사람처럼 부도들이 모여 있다.

나라 안에 제일가는 부도밭

푸르고 누런 빛깔을 띤 이끼를 얹은 채 온갖 세월의 바람을 견디고 정적 속

해남 미황사 부도전 승탑

에 놓여 있는 영월당, 설송당, 완해당, 벽하당, 송암당, 연담당, 백호당 등 선사들의 이름이 새겨진 부도와 부도비들은 어느 것 하나 특별하게 잘 만들어진 것이 없다. 특히 이들 부도의 양식들이 대부분 조선 후기에 조성된 것들이라서 150여 년 전쯤에 절이 망했다는 설을 뒷받침해주고 있는데, 부도들 사이를 거닐며 하나하나 그 면면을 들여다보면 부도의 주인에 대한 경외감은 어느새 사라지고 어린아이처럼 보는 즐거움과 묵은 인연으로 만나게 된 반가움에 빠지게 된다.

부도에는 대웅전 기둥의 초석에 조각된 것처럼 용, 두꺼비, 거북, 물고기, 도롱뇽, 연꽃, 도깨비얼굴들이 새겨져 있어 창건설화와 더불어 인접한 바다와 밀접한 관계를 지니고 있음을 알 수 있다.

해남 미황사 도솔암

이 부도밭은 창건 당시 소가 멈추어 섰던 통교사터이고 한국전쟁 전만 해도 남암이 자리 잡고 있었다는 데, 그러한 사실을 아는지 모르는지 비온 뒤의 햇살만 내려쬐고 있다. 다시 아래로 난 길을 따라가면 너댓 개의 부도가 서 있는 부도터다. 이곳의 부도 역시 토끼가 방아를 찧는 모습이 그려져 있는가 하면 게, 도롱뇽 등 기묘한 조각들이 새겨져 있다.

햇살은 따사롭고 달마산은 이제 선명하게 제 모습을 드러내준다. 길은 달마산 자락에 천여 년 전부터 조성된 날마고도로 뻗어 있다. 길지도 짧지도 않은 5,6km 길이 얼마나 아름다운지, 그 길을 걷다가 보면 '도솔암 200m'라고 쓰인 팻말이 보이고, 그곳을 오르면 깎아지른 벼랑에 내걸린 도솔암이 보인다. 얼마나 지극한 정성이 모이고 모여 이 벼랑에 이토록 아름다운 암자를 조성했을까. 구름 속에 모습을 감추기도 하고, 금방 드러내기도 하는 도솔암에서 바라본 진도 해남 일대의 산천과 바다, 이곳이 바로 신선들이 사는 선경仙境이 아닐까.

천개의 불상이 진좌한 통일신라시대 대표 영남 사찰

경상남도 합천 청량사

오랜만에 맑게 드러난 지리산을 넘어 88고속도로를 달려 해인사 가는 길목에 접어들자 앞서거니 뒤서거니 등산객들로 넘친다. 해인사로 가는 길을 멀리하고 청량동마을과 남산절로도 불리는 청량사清凉寺 가는 길로 접어든다. 예로부터 이 지역 산의 흙이 누르므로 누르메 또는 황산이라 부르는 황산리 청량동마을을 지나 매화산에 접어든다.

매표소를 지나며 길은 가파르다. 아직 남아 있는 찔레꽃들의 향기에 취한 채 한 이백여 미터 올랐을까? 청량사에 이른다. 절로 향하는 구부러진 길을 지나자 채마밭이다. 아욱이며 상추며 꽃을 피운 감자 싹들이 푸름으로 싱싱하고 그 옆에서 보살님 한 분이 상추를 솎고 있다. 조금 더 걸어 설영루를 지나 맷돌로 만들어진 길을 따라가면 청량사의 앞마당이다.

통일신라시대의 전형적인 가람 배치를 보여주는 청량사

경남 합천군 가야면 황산리 매화산 기슭 월류봉 아래에 지은 청량사는 창건에 관한 기록은 전해오지 않는다. 『삼국사기三國史記』에 의하면 최치원이 이곳에서 즐겨 놀았다고 하였으므로 신라 말기 이전에 창건되었을 것으로 짐작할 뿐이다. 그러나 사람들에게 구전되어 온 바에 의하면 가야산 해인사나 인근의 모든 절들의 본사가 이 청량사라고 한다. 그 이유로는 대대로 불교를 신봉해온 부근 신도들은 해인사보다 이 절을 '큰절'이라고 부른다는 것이다. 하지만 지금의 청량사는 작은 절일 따름이고 이 절을 찾는 사람은 극소수일 뿐이다.

청량사는 오랫동안 폐사지로 남아 있다가 1811년 순조 11년 회은 스님이 중건할 때 3칸의 법당과 요사채를 지었으며 법당을 중수하였다. 언뜻 보면 부석사의 가람 배치와 흡사한 유형으로 석축을 높이 쌓아 그 위에 가람을 완성하였다. 절터에는 다양한 신라시대의 석물들이 흩어져 있으며, 원래의 모습 그대로 남아 있는 석탑, 석등 그리고 석가여래좌상은 그 시대의 뛰어난 조각예술을 대변하는 작품들로서 늙은 소나무 숲과 기암괴벽이 빼어난 월류봉 아래 일직선을 이루며 세워져 있다.

통일신라시대에 만들어진 청량사의 석등[보물 제253호]은 평면 8각의 전형적인 신라 석등이지만 간주[21]가 고형인 특색이 있다. 연꽃잎에 조각된 상대

---

21) 사이기둥. 기둥과 기둥 사이에 따로 벽체를 구성하거나 문얼굴을 세우기 위하여 세우는 기둥.

석은 화사석이 얹혀 있고 화창이 네 곳에 뚫렸으며 남은 면에는 사천왕상이 조각되어 있다. 옥개석은 매우 얇고 밑에는 여러 단의 굄이 있으며, 처마 밑은 수평이고 추녀 위에는 경쾌한 반전이 보이며, 지붕 위의 복련은 조각되지 않았다. 상륜부에는 그 이전에 없어졌던 것들로 보이는 파편들이 얹혀 있으나 없음도 있음처럼 그리 서운하지 않다. 가만히 들여다보다가 넌지시 일어나 눈 들어 사람의 세상을 내려다보면, 귓전에 선 불현듯 종소리 들린다. 천천히 석등을 지나 석탑 아래 선다.

보물 제253호 | 합천 청량사 석등 陜川 淸凉寺 石燈

청량사의 석탑[보물 제266호]은 높이가 5m쯤 되고, 2층 기단 위에 새겨진 방형 삼층석탑으로 신라 전형의 양식을 따랐지만, 곳곳에 특이한 의장이 가미되었다. 이 석탑은 기단이나 탑신에 아무런 조각이 없으나 각 부분은 아름다운 균형을 이루었고 석재를 가공한 솜씨가 매우 뛰어나 우아한 모습을 자랑하고 있다. 이 석탑에선 1958년 보수공사 때 2층 옥개석 상하의 양면에서 사리장치공이 있는 것을 발견하였다.

청량사 대웅전엔 가부좌하고 앉아 장엄함과 늠름함으로 대웅전을 가득 채운 듯한 석가여래좌상이 내려다보고 있다. 청량사 석조석가여래좌상[보물 제265호]은 높이가 210cm이고 대좌 높이가 75cm이며 화강암으로 만들어졌으

보물 제266호 | 합천 청량사 삼층석탑 陜川 淸凉寺 三層石塔

보물 제265호 | 합천 청량사 석조여래좌상 陜川 淸凉寺 石造如來坐像

며, 항마촉지인의 손 모양을 하고 4각형의 대좌 위에 결가부좌하였다. 부처의 몸체나 대좌, 광배가 모두 갖추어진 완전한 불상으로, 보존 상태가 좋은 편에 속하는 이 불상은 경주 석굴암 불상의 유형을 온전히 따르고 있다. 석굴암이 그 시대를 대표하는 뛰어난 석공에 의해 만들어진 8세기의 대표적인 걸작이라면 이 불상은 이 지역의 뛰어난 석공에 의해 조성된 9세기의 우수한 작품으로, 9세기 후기인 863년쯤에 세워진 동화사 불상의 모습을 따르고 있다. 귀로에 다시 들를 것을 약속하고 산행을 시작한다.

절 한 켠에 나 있는 협문을 나서니 [illegible]이다. 여기서부터 오름길이다. 드문드문 늦게 핀 찔레꽃들이 마지막 자태를 뽐내고 산머루들이 꽃들을 피우려고 뭉게구름처럼 열려 있다. 잠시 쉬면서 마음이 바쁜 사람들과 마음이 여유로운 사람으로 자연스레 갈라진다. 길은 가파르다. 이 가파른 길을 전라도 말로 '솔찬히 깔막진 길'이라고 이름 짓는다. 가쁜 숨을 내쉬며 고갯마루에 도착한다.

다시 월류봉 쪽으로 오른다. 가야산이 떡 벌어진 든든한 사내처럼 버티어 서 있고, 그 산자락에 해인사의 절집들이 지척에 보인다. 고개를 돌려 올라갈 남산 제일봉을 쳐다본다. 산의 능선에 바위들이 제각각으로 솟아 날선 톱날처럼 서 있다. 고갯마루에 다시 내려서 우거진 나무 숲길을 벗어나 만개한 매화꽃 가장자리 같은 길들이 시작된다. 철사다리를 오르고 밧줄을 잡아당기며 한 30여분 올랐을까. 남산 제일봉이다.

천개의 불상이 진좌해 천불산이라 불리는 매화산

매화산(1,010m)은 가야산의 남쪽에 솟아 홍류동 계곡 건너에 있는 해인사와 가야산의 주봉인 상왕봉(1,430m)과 남쪽 줄기인 가산(692m) 그리고 복두산(693m)을 바라보고 있는 날카로운 바위산이다. 이 매화산에 기기묘묘하게 솟아난 바위 봉우리들로 인하여 불가에서는 천개의 불상이 진좌한 듯하다고 천불산이라 부르고, 세속의 사람들은 이 산을 만발한 매화꽃에 비유하여 매화산이라고 부른다. 울창한 나무숲과 아름다운 계곡 그리고 하늘을 찌를 듯이 치솟은 온갖 모양의 바위 봉우리가 연이어 능선을 형성한 이 매화산은 남한의 소금강이라고 부르는 아름다움에 비하여 사람들에게 그다지 알려져 있지 않은 산이다.

청량사에 머물면서 그 값진 문화재들과 고적한 절집의 분위기에 흠뻑 취해 있는 동안에도 수많은 사람들이 산을 오르고 내리면서도 청량사를 다녀가는 사람들은 가뭄에 콩 나는 것만큼이나 드물었다. 매화산이나 남산 제일봉이 독립된 산들임에도 불구하고 가야산에 속해 있음도 한 이유일 것이다. 그것이 못마땅한 탓인지 남산 제일봉은 해인사에 화재를 일으키는 산으로 항간에 알려져 있다.

해인사의 유래는 신라가 퇴락해 가던 시절 의상 스님의 증손 상좌인 순응 스님이 "세계 일체가 바다에 그림자로 찍히는 삼매"를 말한 해인삼매에서 유래하였다. 바다에 크고 작은 파도가 일어나는 까닭은 바람이 불고 있기 때문이지만 그 바람이 그치고 바다가 고요해질 때 거기에는 우주의 만 가지 모습이 그대로 나타난다. 그와 같이 인간의 진면목이며 돌아가야 할 무명 이전의 고행이며 화엄의 가르침을 대표하는 총체적인 명목이 바로 해인삼매다. 바로 그러한 철학을 널리 펴기 위한 의미로 세운 해인사는 창건 이후 7차례의 화재를 당했다. 그 화재가 남산 제일봉의 서기에서 비롯된 것이라는 누군가의 말에 따라 해인사의 스님들은 조선 말기 고종 때부터 오월 단오 무렵에 이 남산 제일봉에 소금단지를 묻었다고 한다. 그 이후로 해인사는 불이 나지 않았다는 것이다.

해인사를 품에 안은 가야산을 바라보며 정구의 〈가야산 기행〉의 한 구절을 떠올렸다.

> 높은 곳에 오르는 뜻은 마음 넓히기를 힘씀이지, 안계 넓히기를 위함이 아니다.

금관바위, 열쇠바위, 곰바위 등 여러 이름이 붙은 매화꽃봉우리 같은 바위 꽃그늘에 앉아 조선의 산들을 바라본다. 어디에서 어디로 흘러가는지, 저 산들이 어느 산인지 분간조차 할 수 없는 산들과 흐르는 것이 강물만이 아니고 산굽이도 있다는 것을 안다. 능선마다 바위가 꽃들을 피워내고 산자락 아래 사람들이 사는 집들은 풍경화 속의 한 부분이다.

이런저런 생각에 잠겨 있는 사이에도 사람들은 계속 도착하고 또 떠나간다. 매화산으로 해서 치인리로 하산하고 다시 왔던 길을 택한다. 가파른 바위 길은 내려갈 때가 더 어렵다. 내려가는 길은 그래도 여유가 있다. 떡갈나무며

도토리나무도 한결 생기가 돌고, 가을에 새까맣게 익는 정금나무의 꽃들도 앙증맞게 꽃을 피우고 있다.
돌아다보니 눈부시게 흰 산 목련이 시들은 꽃송이 옆에 또 한 송이가 피어 있다. 조심스레 잡아당겨 꽃내음을 맡는다. 잠시 머물면서 향기에 취한 몸을 일으켜 세워 산길을 내려간다. 고갯마루에 도착한 나는 소나무에 온몸을 기댄다. 산 아래에서 산 위에서 사람들의 소란스러운 소리 들리고 그 소리에서 잠시 멀어져 간다.

최치원에 얽힌 전설이 흘러가는 가야산 계곡 물소리

산에서는 산 속에서만 만날 수 있는 푸르른 산 같은 정겨운 사람들이 있어서 좋고, 해인사 품에 안은 가야산의 산골짜기엔 흐르는 계곡의 물소리가 있어서 더욱 좋다. 가야면 소재지에서 해인사 들목에 이르는 홍류동 계곡은 봄에는 꽃으로 가을에는 단풍으로 물이 붉게 흐른다 하여 홍류동이라 이름이 붙었다. 해인사 들목까지 뻗어 내려온 이 골짜기는 그 언저리의 울울창창한 숲도 숲이지만 속세의 소리를 끊어 버리기라도 할 듯이 우렁차게 흘러내리는 물소리가 유별난 정취를 안겨주는 곳으로 알려져 있다. 계절에 따라 진달래와 철쭉꽃들이 한 폭의 그림처럼 피어나고, 녹음과 단풍의 계절 뒤엔 눈꽃들이 정취를 일깨워주며, 두 개의 폭포와 푸른 소가 기암절벽에 어우러진 곳에 농산정籠山亭이란 아담한 정자가 있다.

그대가 술 있거든 부디 나를 부르소서.

최치원의 자취가 남은 농산정

내 집에 꽃이 피면 나 또한 청하오리.

그래서 우리의 백년 세월을 술과 꽃 사이에서.

문득 고려 때 사람 정지상의 시구가 생각나는데, 이렇게 아름다운 정자에서 서로가 서로를 허여하는 몇 사람의 지인들이 만나서 술을 나누며 인생을 논한다면 얼마나 좋을까 싶지만, 이곳에서 최치원은 말년을 보냈다고 한다. 그러나 지금의 농산정은 최치원이 살던 시대의 정자는 아니고 조선 후기에 지은 것이다.

최치원은 신라 말인 857년에 태어났다. 열두 살 때에 당나라로 유학길에 올랐던 최치원은 그곳에서 과거에 급제하여 여러 벼슬을 지냈다. 천재로 널리 알려졌던 그는 스물여덟에 귀국하여 신라에서 아찬阿飡[22]이라는 벼슬을 받았지만 기울어져 가는 신라 조정의 어지러운 권력 다툼에 환멸을 느끼고 벼슬자리를 그만둔다. 그는 지리산과 가야산을 비롯해 나라 안의 산수가 좋은 곳들을 찾아다니며 유유자적하다가 38세에 가족들을 데리고 이 산에 들어왔다. 그 후 최치원은 어느 날 가야산에서 갓과 신만 남겨놓고 신선이 되어 홀연히 사라졌다는 이야기만 남겨 놓았다. 사람들이 치원대 또는 제시석이라고 부르는 이곳의 바위에는 그가 지었다고 알려진 한시 한 수가 새겨져 있는데 그 내용은 이러하다.

> 중첩한 산을 호령하며 미친 듯이 쏟아지는 물소리에 / 사람의 소리는 지척 사이에도 분간하기 어렵고 / 시비의 소리 귀에 들릴까 언제나 두려움에 / 흐르는 물을 시켜 산을 모두 귀먹게 했구나.

조선시대의 이름 높은 선비였던 김종직은 "그림 같은 무지개다리 급한 물결에 비치는데 / 다리 위 지나는 사람 발길을 조심한다. / 나의 옷 걷고 물 건너려는 것 / 그대는 웃지 마소 / 고운이 어찌 위태로운 길 밟았던가"라고 홍류동의 급한 물살을 노래하며 최치원을 추모했다. 이렇듯 이곳 해인사 일대는 고운 최치원에 얽힌 일화들이 많아서 해인사의 여관촌이 있는 치인리는 고운 최치원의 이름을 따서 치원리라 하였다.

---

22) 신라시대의 관등. 17등 관계 중의 제6등 관계로서, 일명 아척간(阿尺干)·아찬이라고도 하였다.

고려시대 불교 석물의 미를 간직한 중부지역 대표 고찰

충청남도 청양 장곡사

어딘가로 답사를 가기 위해 준비하는 몇 가지 중에 가장 중요한 것이 누구와 가느냐이다. 그럴 때 즐겨 택하는 것이 가장 먼저 떠오르는 사람에게 전화를 거는 것이다. 그러나 조선시대의 뛰어난 문장가인 김일손金馹孫이 지은 제문祭文의 한 구절처럼 "인연因緣이란 어기기를 좋아하고 매사가 어긋나기를 좋아하는 것"이어서인지 저마다 무슨 일이 있다고, 또는 바쁘다고 하여 그 누군가와 함께 떠나는 일이 그리 쉬운 일이 아니다.

오늘 하루의 인연이 안 되어선지 여러 사람이 서로 자리를 바꾸고서야 여정에 접어든다. 육백여 년 간 백제의 왕도였던 공주를 벗어나 금강을 따라서 칠갑산으로 향하면 칠갑산 기슭에 옛 시절 정산현이 있었던 정산면 서정리에 닿는다.

녹양들 또는 옥앞뜰로 불리는 서정리의 들판 한 가운데 탑이 세워질 무렵에

보물 제18호 | 청양 서정리 구층석탑 靑陽 西亭里 九層石塔

는 커다란 절이 있었을 것이라고 추정하는 곳에 기와조각 하나 발견할 수 없다. 오로지 잘생긴 구층석탑[보물 제18호]만 남아 그 옛날을 증언해주고 길은 칠갑산으로 향한다. 칠갑산의 고갯길이 하도 험하고 멀어서 정산에서 청양을 가기 전에 점심을 먹고 넘어갔다는 점심 골을 지나면 한티 또는 대티라고 불리는 대티 고개 즉, 큰 고개다. 지금은 터널이 뚫려 금세 지나는 이 고개에 칠갑정이 있고, 칠갑정에서 바라보면 면암 최익현의 동상이 오고가는 사람을 맞고 있다.

1905년 을사조약乙巳條約이 체결되자 면암 최익현은 포고문을 8도에 보내 궐기를 기다렸지만 아무도 호응하지 않자 호남의 임병찬을 찾아갔다. 최익현은 그 이듬해 전라도 태인 땅 무성서원에서 호남의병장 임병찬과 함께 호남 창의를 하였다. 그러나 전주와 남원의 진위대가 합공해 오자 "어찌 왜군이 아닌 동포끼리 싸울 수 있겠느냐?"며 스스로 관군에게 붙들려갔다. 그 후 최익현과 임병찬은 대마도로 끌려갔으며, 최익현은 대마도에서 죽었다.
최익현과 함께 의병을 일으켰던 임병찬은 1894년 12월 초하루에 남원 대접주 김개남을 산내면 종성리에서 밀고하였다. 김개남은 그 당시 전라감사 이도재에 의해 전주 서교장에서 목이 잘린 채 효수되어 빛나는 한 생애를 마감하였다. 임병찬은 그 공로로 임실현감을 제수받았으나 가지 않고, 기어이 최익현과 더불어 의병활동을 하다가 대마도까지 동행하게 된 것이다.

뒤죽박죽인 우리 역사 속의 여러 생각들을 정리한 후 한티 고개에 고집스레 앉아 있는 최익현의 동상을 바라보고서 천천히 칠갑산 산행을 준비한다.

일곱 개의 명당자리가 감춘 칠갑산의 깊은 내력

길은 평탄하다. 마치 도심 속의 산책로처럼 등산로와 찻길이 교차되면서 찻길을 잊을 만하면 다시 만나고 또 다시 헤어지면서 길은 계속된다. 여름이 깊어가도록 매미들의 울음소리는 더욱 더 높아가고 있다.

가파르지 않은 길을 오르자 어느새 팔각정이다. 새하� 페인트칠을 끝낸 팔각정에는 이름도 붙어 있지 않다. '정상 0.8km' 한달음에 오를 수 있을 법한데 하얀 밧줄이 나타난다. "여기서부터는 암벽이 나타날 모양이지" 하며 올려다보니 그냥 숫제 바위가 조금 비치다만 약간의 깔끄막 길이라고 하는 게 옳을 것 같다. "명색이 도립공원인데 밧줄코스도 한 곳 없으면 섭섭하기는 했을 것이다"라고 중얼거리며 단숨에 오른다. '칠갑산 해발 561m' 표지석 위에 한 마리의 잠자리가 제집처럼 앉아 있고 그 너머 수풀에 고개 숙인 강아지풀과 푸른 달개비꽃들 그리고 무성한 질경이가 꽃을 피우고 있다.

칠갑산은 청양군에서 가장 높은 산으로 대치면과 정산면에 걸쳐 있다. 교통도 불편하고, 산세가 거칠고 가파르기 때문에 사람의 발길이 잘 닿지 않는 울창한 숲도 많다. 1973년에 도립공원으로 지정된 칠갑산에는 여러 가지 나무들이 1,600여 종이 어울려 자란다. 칠갑산 정상에 서면 한티 고개 쪽으로 대덕봉(472m)이 보이고, 동북쪽으로 명덕봉(320m)과 서남쪽으로 이어진 정혜산(355m)이 보인다. 날이 맑은 날은 공주의 계룡산과 서대산 그리고 만수산과 성주산이 지척인 듯 보이고 서해바다까지 조망된다.

이 산정에서 능선은 여러 곳으로 뻗어 줄을 이었고 지천과 잉화달천이 계곡을 싸고돌며 7곳의 명당자리가 있어 칠갑산이라고 부른다고 한다. 또한 칠성원군의 칠七자와 십이 간지의 첫 자인 갑甲자를 합쳐서 칠갑산으로 부르게 되었다는 불교적 연원도 전한다.
'충남의 알프스'라는 별명은 산세가 거칠고 험준하여 붙여진 이름이라고 하지만 아무래도 충남의 알프스라는 말은 과장된 표현인 듯하다. 그러나 비스듬히 서 있는 삼형제봉 사이로 굽이쳐 흘러가는 산들을 보면 칠갑산의 앉음새나 모양새가 그리 만만하게 볼 수는 없을 듯하다. 이 산자락으로 서북쪽의 대치천과 서남쪽의 장곡천, 지천, 동남쪽의 잉화달천, 남쪽의 중추천, 동북쪽의 영화천이 흘러서 모두가 금강으로 합류한다.
내려가는 길은 그래도 가파르다. 참나무 사이로 굵은 소나무가 듬성듬성 섞여 있는 절을 내려가며 조재훈 시인의 장곡사 가는 길을 떠올린다.

장곡사(長谷寺) 가는 길

산 너머 또 산 첩첩
손톱 뽑혀 발톱 뽑혀
찾아가는 길이다.

버릴 것 다 버리고
털릴 것 몽땅 털리고
빈손 빈주먹으로
찾아가는 길이다.

가야 만나는 건

바람이지만
구름 아래 떠도는
슬픔이지만
맨발로 허위허위
찾아가는 길이다.

밥이 따라오지 않는 곳
피의 사슬이 좇아오다 마는 곳
목마르면 한모금의 옹달샘이 있는 곳

눈멀어 귀먹어
말을 만나면 말을 죽이고
칼을 만나면 칼을 죽이고
찾아, 찾아가는 길이다.

청양군뿐만 아니라 충청도 일원에서도 널리 알려질 만큼 값진 문화재들이 산재해 있고 속이 꽉 찬 절로 소문난 장곡사長谷寺는 칠갑산의 깊은 골짜기에 있다. 긴 골짜기라는 뜻을 지닌 장곡리에서도 한참을 올라간 곳에 위치한 장곡사는 신라 문성왕 때에 보조선사가 창건한 뒤로 오늘에 이르기까지 여러 차례 중수를 거듭하였다고 하나 정확한 기록은 없다.

경사가 급한 터를 닦아서 지은 장곡사에는 특이하게도 대웅전이 두 채가 있다. 등산로에서 벗어나 절 마당에 들어선다.

청양 장곡사 운학루

운학루는 몇 년 전의 모습과는 달리 식당 및 요사채로 쓰이고, 그 자리를 지키고 있었던 2m가 넘는 큰 북이나 목어와 통나무 그릇은 제각각의 자리로 돌아갔다. 밥통 대신 사용했을 것이라고도 하고 콩나물을 길렀을 것이라고도 하는 나무 그릇은 길이가 7m에 폭 1m, 두께가 10cm 이상이 되기 때문에 오늘날의 자그마하지만 쓰임새 있게 만들어진 여러 형태의 그릇만 보아온 사람들의 눈에는 신기하기가 이를 데 없을 것이다.

고려시대 불교 석물의 아름다움을 보여주는 장곡사 불교유적

운학루에서 눈을 들어보면 보이는 하 대웅전[보물 제181호]은 조선 중기에 지

보물 제181호 | 청양 장곡사 하 대웅전 靑陽 長谷寺 下 大雄殿

보물 제337호 | 청양 장곡사 금동약사여래좌상 靑陽 長谷寺 金銅藥師如來坐像

어진 건물로써 정면 3칸에 측면 2칸의 단층 맞배지붕이다. 쇠붙이 하나 쓰지 않은 순수한 목조건물로써 나무로 된 복잡하지만 질서 있는 장식물들이 정교한 하 대웅전의 주불主佛은 장곡사 금동약사여래좌상[보물 제337호]이다.

이 약사여래불은 불상의 복장을 조사할 당시에 먹으로 쓴 조성문이 발견되어 고려 충목왕 2년(1346년)이라는 조성연대가 밝혀진 고려 초기의 대표적인 금동불상 중 하나이다. 갸름

보물 제162호 | 청양 장곡사 상 대웅전 靑陽 長谷寺 上 大雄殿

한 타원형 얼굴에 반달모양의 눈썹, 가늘면서도 적정한 눈, 단정하면서도 오똑한 코, 작고 예쁜 입, 적당한 크기의 귀 등이 다소 둥글지만 시원한 어깨선과 당당한 가슴, 비교적 균형 잡힌 체구들과 어울려 당대 불상의 특징을 유감없이 드러내고 있다. 하 대웅전을 지나 오십여 개의 계단을 올라가면 장곡사 상 대웅전 앞에 이른다.

장곡사 상 대웅전[보물 제162호]은 고려시대의 건물양식을 지닌 건물로써 정면 3칸에 측면 2칸의 단층 맞배지붕이다. 안으로 들어서면 바닥에 까맣게 전돌이 깔려있는데, 소박한 연꽃무늬가 가운데에 있고 보상당 초문으로 띠를 두른 고려 때의 전돌 들이 드문드문 깔려 있다.

이 상 대웅전 안에는 불상이 세 분 모셔져 있다. 1777년의 『상 대웅전 중수

보물 제174호 | 청양 장곡사 철조비로자나불좌상 및 석조대좌 青陽 長谷寺 鐵造毘盧遮那佛坐像 및 石造臺座

국보 제58호 | 청양 장곡사 철조약사여래좌상 및 석조대좌靑陽 長谷寺 鐵造藥師如來坐像 및 石造臺座

기』에 따르면 석불이 2구, 금불이 3구가 있고, 중국 오도자의 그림이라고 전하는 벽화가 있었다고 한다. 5불이라면 비로자나불을 주불로 하고 노자나불, 석가불, 아미타불, 약사불을 모신 화엄종華嚴宗의 불전이나 밀교계통의 불전이 있을 것이지만 현재는 비로자나불과 약사불 등의 철불 두 분과 아미타여래소조불만이 있을 뿐이다.

법당 안의 중앙에 있는 불상[보물 제174호]은 철 위에 호분을 입히고 그 위에 금을 씌워서 옛 맛이 많이 사라졌다. 그 오른쪽으로 좀 더 규모가 큰 불상이 철조약사불 좌상[국보 제58호]이다. 이 불상 역시 금을 입혀서 철불鐵佛의 맛을 잃었다. 그러나 이 부처는 광배와 대좌와 함께 국보로 지정되었는데, 그 연유는 그 아래에 놓인 석조대좌의 공이 크다고 할 수 있다. 어느 절에서고 찾아보기 힘든 방향좌대이며 네 귀퉁이에 귀꽃이 제대로 보존된 고려시대 석물

국보 제300호 | 장곡사미륵불괘불탱 長谷寺彌勒佛掛佛幀

의 장엄함과 아름다움을 유감없이 보여주는 불상의 등 뒤에는 불꽃모양의 화려한 나무광배가 뒤를 받치고 있다.
원래는 석조광배였을 것이나 파손되자 나무광배로 대체했을 것으로 추정되고 있다. 따라서 이 불상은 신라 말이나 고려 초기의 불상양식을 잘 나타내고 있는 당시의 대표적인 철불좌상으로 평가되고 있고, 변란이 일어날 때마다 땀을 흘리는 영험한 불상으로 소문이 자자하다.
그리고 괘불[국보 제300호]이 모셔져 있는데 좌우에 있는 비로자나불과 노사나불은 머리에 둥근 두광이 있고 각각 두 손을 맞잡은 손 모양과 어깨 높이까지 두 손을 들어 올려 설법하는 손모양을 하고 있다. 이 그림은 조선 현종 14년(1673) 철학哲學을 비롯한 5명의 승려화가가 왕과 왕비, 세자의 만수무강을 기원하기 위해 그린 것이라고 한다.

상 대웅전에서 나와 오랜만의 한가로움으로 대웅전 앞 홰나무 그늘 밑에 앉는다. 850년쯤 되었을 것이라는 홰나무는 천년 역사 속에 장곡사의 숨은 이야기를 들려준다. 이 대웅전 처마 네 귀에 식민지시대 말기까지만 해도 풍경이 내는 맑고 은은한 소리가 있었다고 하는데 일제 때 부엌의 놋그릇까지 공출해가면서 이곳의 풍경도 떼어갔기 때문에 그 맑은 소리를 내던 풍경을 찾아볼 수가 없다.

옛 절터에선 안녕을 기원하는 장승과 석탑이 자리하고

홰나무 그늘 아래로 시원한 바람이 불고 먼발치에서 물 내려가는 개울물 소

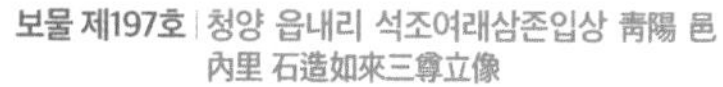

보물 제197호 | 청양 읍내리 석조여래삼존입상 青陽 邑內里 石造如來三尊立像

충청남도 문화재자료 제148호 | 청양삼층석탑 青陽三層石塔

리 들린다. 나뭇잎 새로 한 방울 두 방울 비가 내린다. 그 빗속에서 벗어났을 때 청양에 도착할 수 있었다.

칠갑산 아흔아홉 고개를 넘어 마침내 이르는 청양읍은 하도 후미진 곳에 있었던 터라 임진왜란 때에도 한국전쟁 때에도 총성 한 번 울리지 않았다고 한다. 이러한 청양을 권진은 그의 시에서 "낮에는 바람 멀리서 불어오고 마루 위에 뜬 달이 한 없이 밝은 곳"이라고 표현했으며 이중환은 『택리지擇里志』에서 "청양, 정산 두 고을은 샘에 나쁜 기운이 있는 지대이므로 살 만한 곳이 못 된다"고 하였던 곳이다.

구기자와 고추가 많이 나는 청양군 청양읍 한켠에 서 있는 석조삼존불입상[보물 제197호]과 아무도 챙겨주는 이 없는 듯한 석탑[충청남도 문화재자료 제148호]을 바라보면 조선왕조 오백 년 동안 지속되었던 억불숭유정책이나 우리 문화의 무관심은 이곳 역시 다르지 않았음을 알 수 있다. 청양읍 내의 옛 절터에서 옮겨다 놓았다는 삼존불상은 전각 안에 모셔져 있는데, 크기로 보아서 한때는 제법 번성했던 절이었음을 짐작케 해준다. 3m가 넘는 본존불은 왼손을 내리고 오른손으로 꺾어들고 있는 자세를 취하고 있고, 좌우의 보살들은 키가 2.2m쯤으로 허리를 조금씩 틀고 서 있으나 스스로 서 있을 수가 없기 때문에 벽에다 비스듬히 기대 놓았다. 형체를 알아볼 수 없을 만큼 훼손된 그 불상을 뒤로하고 우여곡절 끝에 대치리 장승이 세워진 곳에 닿는다.

큰 고개를 오고가는 길손들의 이정표로서 또는 마을 사람들의 풍요와 안녕을 기원하기 위하여 세워졌을 대치리 장승들이 길 양옆으로 14개쯤 세워져 있다. 추령 장승촌의 윤홍관 씨가 만든 전라도 장승들과는 달리 소나무로 턱 밑 부분을 깎아서 얼굴과 몸을 구분하였고, 다른 조각들은 별로 없다. 그러나 제멋대로 그려진 그 장승들은 장난꾸러기, 악동 같은 표정이기도 하고, 무슨 일을 하다 들킨 머쓱한 표정이기도 해서 보는 이의 마음을 즐겁게 해준다. 또한 남녀 간의 구별도 수염이 있고 없음의 차이일 뿐 크게 드러나지 않는다. 이곳 대치리는 음력 정월대보름날 새벽에 전날 깎아 놓은 장승을 세우고 장승제를 올린다고 한다.

속세의 번뇌를 씻겨주는 동해의 산사 수행처

강원도 동해 삼화사

황지천에 검붉은 물이 흐른다. 517km를 흐르는 낙동강의 최상류천이다. 흐르는 그 검붉은 물은 구문소 지나 봉화로 접어들고, 청량산 아래를 지나면서 다시 새롭게 태어날 것이다. 태백에서 삼척으로 가는 길은 행정구역상의 이름인 삼척시 미로면처럼 미로를 찾아가는 길이고, 그 길에는 한 시질 호황을 누렸을 탄광의 흔적들이 50년대 풍경으로 널려 있다.

속세의 번뇌를 버리고 깨끗하게 불도를 닦는 산사 수행처

탄광촌이 호황일 때에는 지나가던 개도 만 원짜리 지폐를 물고 다녔다는 이야기가 무색하게 을씨년스럽게 덕지덕지 얹어진 슬레이트 집 아래에도 풍경처럼 사람들은 살고 있다. 고개고개 넘어가는 이 길은 한강의 발원지 삼척

두타산 삼화사

시 하장면으로 가는 길이다.

삼척시 하장면 변천리 댓재 산방에서 산길에 접어든다. 산속이라 평지는 별로 없으리라는 예상은 빗나가고, 이 산에도 제법 너른 평지가 펼쳐져 있다. 그 밭들마다 고랭지 배추가 푸릇푸릇 자라고 있는, 길옆에는 제법 너른 개울이 흐르고 흐르는 물소리가 낭랑하다. 싸리나무, 단풍나무, 상수리나무, 다래 넝쿨이 우거진 개울을 몇 개를 건너 밧줄이 드리운 통나무 다리를 지나며 산은 제법 그윽해진다.

댓재로 가는 길과 두타산으로 가는 길이 나뉘는 고개 마루에 선다. '두타산 2.0km'라는 팻말이 자작나무에 매달려 있고, 이 길은 백두산에서 비롯되어 지리산까지 이어지는 백두대간의 길목이다. 산길은 이제부터라는 듯 길은

두타산 무릉계곡

만만치 않다. 조금만 더 올라가면 태백, 청옥의 백두대간이 희망처럼 보일 것이고, 동해 푸른 바다의 푸른 물결이 어서 오라 손짓할 것이다. 먼 곳에서 야호 소리 들리고 한참 오르자 두타산 정상이다.

멀리 동해시 삼화동과 삼척시 미로면의 경계에 있는 이 산은 백두대간이 동해안을 따라 뻗어 내려오다가 삼척지방 해안가에서 크게 한 번 용트림하여 세워진 산으로써 무릉계곡을 중심으로 청옥산(1404M)과 쌍둥이처럼 서 있는 산이다. 두타산과 청옥산은 거의 연결된 듯 보이나 형상이 매우 대조적이다. 두타산은 정상부가 첨봉을 이루고 주변은 급경사면을 이루면서 날렵한 산세를 자랑하고 청옥산은 완만하고 묵직한 형상을 이루고 있다. 그런데 이상한 것은 청옥산보다 두타산이 51m가 낮은 데도 불구하고 이 산 전체를 일컬어 두타산으로 부른다는 것이다. 이 고장 모든 사람들도 그러하고 옛 문헌들도 다 그러하다. 삼화사 현판에도 두타산 삼화사라고 기록되어 있고, 윤두서의 『동국여지지도東國餘地地圖』에도 청옥산이라는 이름은 보이지 않다가 신경준의 『산경표山經表』에 이르러서야 청옥산이 보이는데 두타산보다 아랫자락에 청옥산이 놓여 있는 것이다.

두타산은 예로부터 삼척지방의 영적인 모산母山으로 숭상되었으며, 동해안 지방에서 볼 때 서쪽의 먼 곳에 우뚝 솟아 있기 때문에 이 산은 정기를 발하는 산으로 여겨져 민중들의 삶에 근원이 된다고 여겼던 산이다. 그래서였는지 조선 선조 때 동인과 서인으로 나뉘게 되는 결정적인 역할을 하였으며, 동인의 중심인물이었고 당시 삼척부사로 재직했던 김효원은 『두타산 일기』에서 금강산 다음으로 아름다운 산을 두타산으로 꼽았다. 백두산에서 시작된 백두대간이 흐릿하게 눈 안에 가득 차고 사람들의 발길에서 발길로 드러난 그 산길은 아슴푸레하다.

산스크리트어의 '두타Dhuta'에서 유래되었고, 그것이 다시 한자음으로 표기된 두타에는 의식주에 대한 탐욕과 세상의 모든 번뇌와 망상을 버리고 수행, 정진한다는 의미가 함축되어 있다. 그러므로 '속세의 번뇌를 버리고 깨끗하게 불도를 닦는 수행 처'라는 유래를 지닌 이 두타산은 불교와 인연이 깊은 산이다. 현재는 삼화사와 관음암, 천은사만이 남아 있지만, 불교가 융성했던 시기에는 중대사, 상원사, 대승암, 성로암, 내화암 등 십여 개가 넘는 절이 있었다.

두타산성

두타산을 중심으로 세 개의 하천이 형성된다. 하나는 박달 골의 계류와 서원 터 골 계류가 함께 모여 장장 14km에 이르는 무릉계곡을 거쳐 살내가 되어 동해로 흘러들고, 남동쪽 기슭에서 발원한 하천은 골지천과 합류하여 한강이 되고, 동쪽 기슭에서 발원한 계류는 오십천과 합류하여 동해에 접어들며, 두타산 아랫자락의 쉰음산(688M)에는 돌우물이 50여 개가 있어 오십정산이라고도 부른다. 이곳에는 산 제당을 두어 봄, 가을에 제사를 지냈으며 비가 오지 않을 때에는 기우제도 지냈다. 이 산 아래 미로면에는 천은사라는 옛 절이 있고, 이 절에서 고려 충렬왕 때의 학자였던 이승휴가 은둔생활을 하며 『제왕운기帝王韻紀』를 지었다고 한다.

내려선 골짜기에서 물을 마시고 고개를 하나 더 넘으니 두타산성頭陀山城이다.

두타산성에서 산들은 찬연하다. 아니 찬연하다 못해 눈이 부셔서 바라볼 수 가 없다. 산자락마다 우뚝 우뚝 서 있는 바위들이 기립한 채 달려오고 건너 편의 청옥산 관음암이 한 폭의 그림이다. 태종 14년에 축성된 이 두타산성은 천연적인 산의 험준함을 이용하여 부분적으로 쌓은 성으로, 성을 한 바퀴 도는 데 약 7일간이나 소요된다고 한다. 성벽이 그렇게 견고하지는 않으나 천연의 요새로서 손색이 없다.
두타산의 자연 성문을 지나 산길을 내려가자 계곡의 길은 삼화사三和寺로 이어진다.

삼화사, 세 나라를 하나로 화합시킨 영험한 설

삼화사는 신라 선덕여왕 11년에 자장율사가 이곳 두타산에 이르러 절을 짓고 흑련대黑蓮臺라고 한 것이 효시였지만, 경문왕 4년에 구산선문 중 사굴산파의 개조인 범일국사가 중창하여 삼공사三公寺라고 한 때부터 뚜렷한 사적을 갖는다. 일설에는 신라 말에 세 선인이 회의를 하고 그 뒤 품일대사가 불사를 지어 삼불사라고 했다는 데 고려 태조 원년에 삼창되면서 세 나라를 하나로 화합시킨 영험한 절이라는 뜻을 지닌 삼화사라고 불렀다.

태조 이성계는 칙령을 내려 이 절의 이름을 문안에 기록하고, 후사에 전하게 하면서 신인이 절터를 알려준 것이니 신기한 일이라 하였다. 삼화사는 그 뒤 임진왜란 때 전소되었고 효종 때 중건하였으며 몇 차례의 중건을 거쳐 오늘에 이르렀다. 지금 남아 있는 건물로는 적광전과 약사전 그리고 요사채가 있으며 문화재로는 대웅전 안에 안치된 철불[보물 제1292호]이 있다. 이 철불은 삼화사 창건설화에 관련된 약사 삼불 가운데 맏형격의 불상이라고 전해지고, 대웅전 아래마당에 세워져 있는 삼화사 삼층석탑[보물 제1277호]은 높이가 4.95m의 전체적으로 안정감이 있는 고려시대의 탑이다. 일설에 의하면 이승휴가 이 절 가까이에 객안당을 짓고 거처하였다고 한다.

보물 제1292호 | 동해 삼화사 철조노사나불좌상 (東海三和寺 鐵造盧舍那佛坐像)

화사의 일주문을 나서서 다리를 건너면 거대한 무릉반석이 나타난다. 천여 명이 앉아도 너끈할 널찍한 너럭바위를 흐르는 물줄기는 곳곳에 담을 이루고, 그 너럭바위에는 수많은 시인, 묵객들의 글과 이름이 새겨져 있다. 단종 폐위 이후 조선의 산천을 주유했던 매월당 김시습의 글도 있고, 조선 전기 4대 명필 중 한 사람인 양사언의 '무릉선원 중대천석 두타동천武陵仙源, 中臺泉石, 頭陀洞天'이라는 달필들 속에 무슨 계 무슨 계 하며 적혀진 계원들의 이름들이 새겨져 있다. 그 이름들 속에 조선시대 이 산에 숨어들었던 사람들을 잡기 위해 왔었던 수많은 토포사討捕使[23]들이 새겨 놓았던 이름들이 선명하게 남아 있다. 신해 3년, 계미 3년 등의 글자들과 함

---

23) 조선시대 포도대장

보물 제1277호 | 동해 삼화사 삼층석탑 東海 三和寺 三層石塔

무릉계곡 토포사 글씨

께 토포사 아무개, 토포사 아무개 등의 글씨들의 여미에 그때 그들이 이 너럭바위에 자신들의 이름을 남기기 위해 쪼아댔을 날카로운 정의 끄트머리가 보이고 내리치는 망치의 불꽃들이 스러지는 백성들의 신음소리처럼 들린다.

소양호에 드리운 고려식 정원이 아름다운 절

강원도 춘천 **청평사**

소양호가 완공되고서 사람들에게 관광지로서 널리 알려지게 된 청평사는 소양강 댐의 초입 북쪽에 솟아 있는 오봉산 남쪽기슭에 자리 잡고 있다.

춘천시 동북쪽 동면 월곡리와 신북면 천전리 사이를 흐르는 북한강 지류를 막고 소양계곡을 가로질러 만든 소양강 댐은 높이가 무려 123m, 길이가 530m나 되어 동양 최대의 다목적 댐으로서의 위용을 자랑하며 연간 61,000Kw의 발전을 하는 한편 홍수를 조절하면서 농공업 용수를 공급한다. 이 댐으로 만들어진 아름다운 호수 소양호는 연간 일백만 명쯤의 관광객들이 몰려들어 눈코 뜰 새가 없다. 상류까지 64km에 이르는 뱃길도 뱃길이지만 춘천에서 인제까지의 43.2km의 아름다운 계곡 사이를 헤집고 가는 뱃길은 가을 단풍이 들 무렵이면 무어라 형언할 수 없을 만큼 환상적인 길을 연출한다.

소양강 댐의 덕을 가장 많이 보고 있는 청평사로 가는 길은 소양호에서 배를 타고 가는 길이 대체로 이용되지만 이 산과 부용산(882m) 사이의 골짜기를 빠져 배치 고개로 넘던 길들이 수몰되었기 때문에 양구로 빠지는 46번 도로를 우회하게 만들었다. 그래서 산을 좋아하는 사람들은 댐 아래의 샘밭 천전리에서 산을 넘어 간척리를 지나 해발 600여m의 배후령에서부터 오봉산 산행을 시작한다.

청평산, 아름다운 옛이름을 찾아주어야 할 때

길은 초입에서부터 가파르다. 장마가 주춤거리는 사이에 주말 휴일은 흐리거나 비가 내릴 것이라고 했는데 일기예보와는 달리 너무도 맑다. 바람은 겨우 풀잎을 흔드는 정도로 미세하게 불고 오늘은 아무래도 땀 깨나 흘려야 할 듯싶다. 한참 올라가니 '7-3-1 분대장'이라는 표지판이 서 있는 오봉산 제일봉이다.

오봉산(청평산淸平山)은 전라도 순창출신 여암 신경준이 쓴 『산경표山經表』에서 보면 백두대간이 금강산에서 설악산으로 내려오다 향로봉 쪽으로 뻗어 내려 양구의 사명산을 세우고 소양강과 화천강이 한 몸이 되어 북한강으로 합류하는 그 들목에 있는 산이다. 이름이 아름다운 청평산을 70년대에 이 고장의 산악인들이 다섯 봉우리가 열 지어 섰다는 이유로 오봉산으로 부르게 되었는데 우리나라의 어떤 지도나 문헌들을 다 찾아보아도 한결같이 청평산으로 나와 있다.

『동국여지지도東國輿地之圖』, 『대동여지전도大東輿地全圖』, 『세종실록지리지世宗實錄地理志』, 『동국여지승람東國輿地勝覽』, 『산경표山經表』 또는 작자가 불분명한 여러 지도들에도 청평산으로 기록되어 있지만 단 하나 『동국여지승람』에는 청평산이란 이름 이외에 경원산으로도 부른다고 하였다. 늦었을 때가 가장 빠른 때라는 말도 있듯이 지금이라도 아름다운 옛 이름인 청평산으로 되찾아 주어야 할 것인데, 그것이 가능하기나 할까. 사람들이 "저게 오봉산이야" 하고 가르치는 것을 보며 씁쓸한 마음 금할 길 없다.

사람들이 많이 찾는 산이라서 그런지 길은 널찍하지만 오르내리는 길이 계속된다. 생각보다 길은 험하지 않다. 그러나 바람 없는 산정에서는 마음까지 덩달아 덥다. 다시 길을 나선다. 도토리나무, 상수리나무, 소나무가 서로 정겹게 어우러진 산정에서 비 오듯 땀을 흘리고 힘겹게 내려가야 할 능선들을 바라다보며 지쳐서 내려가는 사람들 속에 내 모습을 읽는다.
문득 바라보이는 진혼비 하나, 〈신동섭, 사랑하는 산을 위하여 극복의 의지를 키우다. 산화하니 진혼하노라.〉 1989. 9. 3.

소나무를 보면 그 푸르름을 배우고

진혼비를 지나 조금 오르자 오봉산(793m) 정상이다. 날이 맑아서 산 아래 화천군 강동면의 마을들이 눈 안에 선하다. 양지말, 음지말, 탑구미, 바람모탱이 등의 마을을 넘어 병풍산(796m)과 부용산 그리고 죽엽산(859m)이 한눈에 들어온다. 한없이 펴져나간 산들을 바라보며 매월당 김시습의 산에 대한

말 한마디에 귀를 기울인다.

> 대저 사람이 산에 오르면 먼저 그 높은 것을 배우려고 할 줄 알아야 하느니. 또 물을 만나면 그 맑음을 배울 것을 먼저 생각하고 들에 앉으면 그 굳음을 배울 것을 생각하며 소나무를 보게 되면 그 푸름을 배울 것을 생각하고, 일과 마주하게 되면 그 밝음을 먼저 배울 것을 생각하는 태도가 바로 머리를 제대로 굴릴 줄 아는 자의 모습이니라. 허나 장차는 머리를 제대로 굴리려는 자가 매우 드물 것인즉, 두고 보면 알 것이다. 필경 산에 오르면, 먼저 그 편한 것부터 알고자 기웃거리게 될 것이니.

정상을 지나자 내리막길이다. 조선 소나무들이 제 스스로의 아름다움을 자랑하듯 여기저기 솟아 있고 바위들의 숲길이 연이어 나타난다. 좁은 바위 틈새를 비집고 내려간다. 이곳 역시 달마산처럼 뚱뚱한 사람은 도저히 지나지 못할 것 같은데도 중년의 뚱뚱한 등산객들이 잘도 지나간다. 길은 항상 여러 갈래다. 청평사 천단과 청평사 해탈문의 갈림길에서 오르는 길보다 내려가는 길을 선택한다.

밧줄을 꼭 잡고 바윗길을 내려서면서 길은 더욱 가파르다. 한 걸음 한 걸음 내디딜 때 행여 바위가 굴러 내릴세라, 비탈진 길을 조심조심 내려가 바위 위를 흐르는 물에 얼굴 씻고 물을 마신다. 오봉산 오백년 묵은 산삼이 썩어서 흐르는 물인 듯 물맛이 여간 맛있는 게 아니다. 개울물은 수풀 우거진 숲 속을 졸졸졸 흐른다. 골짜기 하나가 더 합쳐질 때마다 물소리는 더욱 요란해지고 그 합창소리가 하늘을 뚫을 듯 커지면 어느새 강물이 되고 강물은 도도히 바다로 빠져들 것이다.

청평사, 이자현이 은거한 고려식 정원이 아름다운 절

이름이 아름다운 절 청평사는 소양강 댐의 북쪽에 솟은 청평산(오봉산) 자락의 남쪽에 자리 잡고 있다. 신라 진덕여왕 때 창건되었다고 알려져 있지만 대체로는 고려 광종 24년(973) 승현선사가 개창하면서 백암선원白巖禪院이라는 이름을 얻게 된 것으로 기록되어 있다. 구산선문이 한창이던 시절의 참선도량이었을 이 절은 그 뒤 폐사가 되었다가 고려 문종 22(1068)년에 춘주감창사로 있던 이의가 경운산慶雲山의 빼어난 경치에 감탄하고 폐사지에 절을 지어 보현원이라 하였다. 그 뒤 이의의 장남 이자현이 1089년(선종 9)에 벼슬을 버리고 이 절에 은거하자 이 산에 들끓던 호랑이와 이리떼들이 자취를 감추었다고 한다.

이때부터 산 이름을 '맑게 평정되었다'는 뜻의 청평산淸平山이라 하고 절 이름 역시 이자현이 두 번이나 친견하였다는 문수보살의 이름을 따 문수원文殊院이라 하였다. 이자현은 전각과 견성見性, 양신養神 등 여러 암자를 만들며 청평산 골짜기 전체를 포괄하는 고려식의 정원을 만들었다. 원나라 태정왕후는 성징性澄, 윤견允堅 등이 비친 경전을 이 절에 보냈고, 공민왕 16년에는 그 시대의 고승 나옹화상이 머물렀으며, 조선 세조 때에는 매월당 김시습이 청평사에 서향원瑞香院을 짓고 오랫동안을 머물렀다.

> 아침 해 돋으려 새벽빛이 갈라지니
> 숲 안개 개이는 곳에 새들이 벗 부르네.
> 먼 산 푸른 빛 창을 열고 바라보니
> 이웃 절 종소리 산 너머 은은하네.

김시습이 노래한 것처럼 적막하면서도 은은한 절 청평사는 그 뒤 세월이 훌쩍 지난 뒤에 조선시대 명종 5년(1550)에 보우 스님이 개창하고 절 이름을 만수청평선사萬壽淸平禪寺라고 지었다. 그러나 나라 안에 대다수의 절집들처럼 한국전쟁 때 국보로 지정되었던 극락전을 비롯해 여러 건물들이 소실되었고, 남은 기단 위에 대웅전을 세웠는데 무지개처럼 공 굴린 계단의 소맷돌 끝 부분이 그나마 남아 그 옛날의 정교하고 우아한 조각솜씨를 자랑하고 있다. 남아 있는 건물로는 청평사 회전문[보물 제164호]과 극락보전 및 불각이 있으며 조금 떨어진 곳에 요사채가 있을 뿐이었는데 새롭게 여러 건물들이 들어섰다. 한편 절터에 남아 있는 와당과 여러 분의 조석을 통하여 그 옛날 청평사의 전성기를 회상해 볼 수 있다.

나라 안의 여러 절집들 중 청평사에서만 볼 수 있는 회전문은 일주문이 없는 청평사의 절 앞쪽에 덩그러니 세워져 있다. 본래는 천왕문의 기능을 담당했을 회전문은 조선 명종 때 보우 스님에 의해 중건되었다. 회전문이라고 붙여졌기 때문에 현대인들은 큰 빌딩에서 빙글빙글 도는 문을 연상할 것이지만 청평사의 회전문은 불교의 원리에서 윤회의 의미를 깨닫게 하고자 한 '마음의 문'이 산스크리트 삼사라에서 삶과 죽음을 되풀이하는 것 '함께 흘러가는 것', '세계 가운데', '세계', '생존의 양식', '괴로움' 등의 다양한 뜻으로 쓰이는 윤회처럼 만물은 가고 만물은 다시 오며 이승과 저승의 생과 사는 그렇게 거듭될 것이라는 의미이다.

새로 지은 대웅전을 지탱하고 있는 석축들을 바라보며 옛날의 번성했던 시절의 청평사를 떠올려 본다. 얼마나 많은 사람들의 피와 땀과 스님들의 처절한 구도행각이 이 절 청평사에서 이루어졌을까.

춘천 청평사 일주문

보물 제164호 | 춘천 청평사 회전문 春川 淸平寺 廻轉門

부처님의 은덕에 감사한 원나라 공주의 아름다운 사연이 깃든 곳

청평사에는 원나라 공주의 전설이 있다. 고려 충혜왕 때 고려출신으로 원 순제의 정실이 된 기황후는 자신의 몸에서 난 아들이 황제가 되어 대를 잇게 되었다. 그런 인연으로 기황후는 원나라의 관원들과 금천정을 고려에 보내어 금강산 장안사의 대웅보전, 사성전, 명부전, 신선루, 수정각 및 여러 요사채들을 짓게 했다. 그런데 황제에게는 꽃보다 아름다운 절세미인인 딸이 하나 있었다. 평민의 신분이었던 어느 젊은이가 궁궐을 거닐고 있던 공주를 보고 봅시 반하였으나 신분의 차이 때문에 혼인할 수가 없음을 알고 스스로 목숨을 끊었다고 한다. 그 청년은 상사병으로 죽은 뒤에 상사뱀이 되었고, 그 뱀은 낮잠을 자고 있던 공주의 몸을 칭칭 감고서 머리를 배꼽에 꼬리는 하체에 밀착한 채 떨어질 줄을 몰랐다. 뱀을 잘못 건드렸다가는 공주가 목숨을 잃을지도 몰랐기 때문에 아무도 그 뱀을 함부로 건드릴 수가 없었다. 공주는 날이 갈수록 몸이 쇠약해져 갔고 나라 안에는 그 소문이 자꾸만 번져 갔다. 여러 신하들은 나라가 창피한 일이니 공주를 죽이는 수밖에 없나면서 황제에게 공주를 죽일 것을 요청했으나 황제는 딸을 죽일 수가 없었다.

황제는 여러 가지의 생각 끝에 부처님의 힘을 빌려서 그 뱀을 떼어내 보려고 공주를 나라 안에 이름난 절을 찾아다니며 불공을 드리도록 하였다. 중원의 이름난 절을 찾아다녀도 효험이 없자 마침내 공주는 고려 땅에까지 이르렀다. 원나라에까지 널리 알려진 금강산을 찾아가던 공주는 도중에 지금의 청평사 자리를 지나가다가 이 산의 골짜기에서 흐르는 영천의 물이 하도 맑아 목욕을 하고 청평사로 가서 불공을 드리고 싶었다. 그때 갑자기 뱀이 요동을 치면서 떨어지지 않으려고 하였다. 공주는 뱀을 달래어 “내가 너를 만난 지 10년이 되었는데 네 뜻을 저버린 일이 없지 않느냐? 그러니 너도 내 원을 들어주어야 하지 않겠느냐? 같이 목욕을 하고 가기 싫거든 여기서 기다려라"라고 말하자 뱀이 갑자기 똬리를 풀고 물속으로 들어갔다. 뱀이 물속에 비친 공주의 그림자를 보고 실제로 공주의 몸인 줄로 잘못 아는 바람에 일어난 일이었다.

홀몸이 된 공주는 영천에 몸을 씻고 날아갈 듯한 기분으로 절에 들어갔다. 때마침 남승들이 법당서 가사불사袈裟佛事를 하다가 공양 때가 되어 모두 큰 방에 가버리고 비단조각에는 바늘이 꽂힌 채로 있었다. 공주는 눈물을 와락 쏟으면서 달려들어 간절히 기원하며 세 바늘을 꿰맸을 때 갑자기 벼락이 치며 비가 쏟아졌다. 이때 공주를 기다리던 뱀이 벼락에 맞아 재만 남았다.

그 후 공주는 얼마동안 이 절에 머물면서 밥을 짓고 빨래하며 김도 매면서 부처님의 은덕을 감사하고 있었는데, 그런 이야기를 전해들은 공주의 아버지는 강원감사를 시켜 구성폭포 위에 삼층석탑을 세우고 이곳에 큰 절을 짓게 하면서 법당의 겉칠을 금으로 했다고 한다. 공주는 부처님께 공양을 올리며 얼마간 머물다가 원나라로 돌아갔다.

훨씬 뒤에 다른 감사가 이 절을 찾았다가 황금 칠이 웬 말이냐고 대노하여 벗겨버리게 하였는데 그는 말을 타고 돌아가던 도중 벼락에 맞아 그 자리에서 죽고 말았다는 이야기이다.

부처님의 깨달음을 얻고자 했던 이자현의 불심이 서린 곳

청평사의 회전문을 지나면 진락공 이자현의 부도에 이른다. 부도의 주인인 이자현은 부처님의 전신인 싯다르타와 같이 유복한 가정환경을 버리고 불문에 들어선 특이한 사람이다. 그는 고려가 가장 강성했을 때 왕실과의 겹친 혼인관계를 맺어 강대한 가문을 형성한 집안에서 부귀와 권세를 한 몸에 지고 태어났다. 선종 9년(1089)에 과거에 급제하였으나 권력 다툼의 어지러움을 피하려고 관직을 버린 채 이곳 청평사에 와서 베옷을 입고 나물밥을 먹으며 선禪을 즐기며 은둔한 채 37년의 세월을 보냈다.

『문수원기文殊院記』에 의하면 이자현은 『능엄경楞嚴經』을 독파하여 깨달음을 얻었다는 데, 그는 "능엄경은 마음의 본바탕을 밝히는 지름길"이라고 하였다고 한다. 『동국여지승람東國輿地勝覽』에는 "고려 이자현이 이 산에 들어 문수원을 일구고 살면서 선열을 즐겼다. 골짜기 안이 그윽하기 짝이 없어 식암을 엮고, 그는 거기 둥글기가 따오기 알 같아 두 무릎을 갖다 넣기 알맞은 곳에 말없이 앉아 수개월을 드나들지 않았다"고 적혀 있고, 성해응의 『동국명산기東國名山記』에도 이 절 안팎 정경을 이렇게 소개하고 있다.

> 절 앞의 서비(西碑)는 송나라 건염(建炎) 4년 김부식이 이자현의 일을 적은 탄연 스님이 글씨로 썼다. 동비(東碑)는 원나라 태정왕후가 그 태자를 위하여 이 산에 불경을 소장하게 하여 복을 빌었으니, 그 일을 이익재가 글로 짓고 이행촌이 글씨를 썼다. 절 남쪽 골짜기에 세향원(細香院)이 있으니 청한자(淸寒子)가 살던 곳이었으나 지금은 없다. 절 서쪽 수백 보 되는 곳에 서천(西川)이 있으니, 굳고 매끄러운 반석에 맑은 시냇물이 띠를 드리운 듯 흐른다. 우러러 부용대(芙蓉臺)와 경운봉(慶雲峯)을 바라면 기이하기 짝이 없고, 바른편으로 6, 7리를 돌아들면 선동에 이르는데, 거기 작은 암자가 있다. 그 뒤 바위

벼랑에 '청평식암(淸平息庵)'이라는 커다란 네 글자가 새겨져 있으니 더러 이자현의 글씨라 한다. 암자 뒤로 깎아지른 암벽이 아스라이 솟고 그 위를 송단(松壇)이라 한다.

고려 현종에서 인종에 이르는 열 명의 임금들과 혼인관계를 맺어 100년 세도를 누렸던 가문의 이자현은 청평사에 머물러 있으면서도 예종이 지금의 서울, 당시 남경으로 행차함에 따라 그때 중서시랑평장사중서시랑평장사中書侍郎平章事로 있던 동생 자덕을 시켜 서울 청량리 청량사에 머물게 하여, 불경을 간행할 만큼 세도가 당당했다는 기록이 『동국여지승람東國輿地勝覽』에 전해온다. 고려 불교의 한 단면을 엿보는 것 같은 이자현 집안과 불문과의 관계는 그 당자에만 그치지 않았다. 혜덕왕사 소현과 현화사의 세량이 그의 사촌들이고, 홍왕사의 지소와 승 의장이 그의 조카들이었다.

정신수양의 도량으로 가꾸어진 고려선원

부도를 지나자마자 조그만 연못을 만나게 되는데, 이곳이 고려 정원인 청평사 고려선원[명승 제70호]이다. 청평사는 이자현이 문수원을 중건하면서 선원을 확대한 곳이며 청평사 주변을 방대한 규모의 선원을 꾸미면서 이 영지를 중심으로 구천 평에 이르는 넓은 땅에 꾸민 것이다.

'돌을 쌓아서 산을 만들고 앞마당 끝에 물을 끌어들여서 연못을 만든다'는 고려시대 정원의 특징을 고스란히 지니고 있다. 청평사 들목의 구성폭포에서 오봉산 정상 아래 석암 언저리까지 3km에 이르는 골짜기 구석구석까지 펼

명승 제70호 | 춘천 청평사 고려선원 春川 淸平寺 高麗禪園

쳐지는 고려 선찰의 계획된 선원은 은둔자이며 고려의 실력자였던 이자현이 아니고서는 가능하지 않았을 것이다.

청평사 문수원은 일본 교토에 있는 사이호사의 고산수식 정원보다 200여 년이나 앞서서 만들어진 것으로 밝혀졌다. 특히 구성폭포 일대의 적석과 연못, 인공석실, 정자 터로 꾸며진 서쪽 냇가의 중원과 묵희암과 연못, 동굴, 석실, 좌선대나 항상 물이 가득 잠긴다는 수만식 돌정원 주변의 남원, 그리고 동쪽의 작은 계곡을 중심으로 정자와 작은 규모의 적선군이 동원이고, 북원은 해탈문에서 적멸보궁寂滅寶宮이라 부르는 인공석실과 이자현이 새긴 것이라는 청평식암淸平息庵 등 선경을 이루는 곳을 북원이라고 한다.
이자현은 이 북원에서 주로 도를 닦았으며 그 당시 이름 높았던 시인 묵객들

춘천 청평사 적멸보궁

청평사 구성폭포

강원도 문화재자료 제8호 | 청평사삼층석탑 清平寺三層石塔

의 발길이 끊이질 않았다. 이 문수원 고려선원은 자연의 섭리에 순응하여 선을 익히는 정신수양의 도량으로 짜임새 있게 가꾸어졌음이 밝혀졌는데 영지는 청평사 뒤의 오봉산이 비치도록 되어 있으며 연못 가운데 세 개의 큰 돌이 있고 그 사이에 갈대를 심었다.

문수원 고려선원을 지나면 오른쪽에 세월의 이끼가 서린 오래된 누각이 눈에 들어오고 조금 내려가면 시원하게 떨어지는 구성폭포가 나타난다. 떨어지는 폭포소리를 벗 삼아 석탑[강원도 문화재자료 제8호] 위에 오른다. 원나라 공주의 전설이 서릴 무렵 지은 절이 청평사 자리에 세워진 백암선원이었다고 한다. 백암선원의 건물은 현재 하나도 남아 있지 않지만 그 자리에 고려 초기에 세운 것으로 짐작되는 삼층석탑이 이층만 남은 채로 서 있다. 그 탑을 이

지방 사람들은 공주탑이라고 부른다.

청평사로 들어가는 들목의 구성폭포 위의 화강암 바위를 지대로 삼고 중층의 기단을 마련해 그 위에 탑신의 몸들을 올렸으나 3층은 어느 사이엔지 몸돌이 없어졌다. 그러나 이 공주탑은 봉우리 봉우리 둘러싼 아득한 산들을 바라보고 있으므로 어떤 탑에서도 느낄 수 없는 진한 감동을 준다.

구성폭포를 뒤로 하고 조금 내려서면 산행은 마무리된다.

바위와 억새를 품에 안은 천관보살이 주거했던 산사 고찰

전라남도 장흥 천관사

강진을 지나도 아침은 아직 멀다. 어슴푸레 남해 바다가 나타났다 사라지고 대구 마량, 대덕을 지나 회진에 닿는다. 이청준, 한승원, 이승우라는 소설가의 고향인 이곳 장흥 땅 회진은 어둠에 잠겨 있다.
아침 바다에 솟아오르는 아침 해를 보기 위해 바다가 보이는 마을로 향했다. 연동 저수지를 지나 선자동에 들어섰다. 마을의 어느 곳이나 어구들이 쌓여 있고, 어둠속에 섬 하나 보인다. 큰 탱자가 물 위에 떠있는 것 같아서 탱자도라 불리는 이 섬에서 불빛들 몇 점 보이고 그 뒤에 보이는 큰 섬은 노력도다.

진목리 회진포구엔 이청준의 문학적 흔적이 남아있고

소마리도, 대마리도가 어슴푸레 눈 안에 들어온다. 서서히 물이 빠지고 바닷

가로 내려서자, 찰싹거리는 조약돌의 울음소리와 출렁거리며 새벽을 여는 파도의 움직임들이 꿈길처럼 흔들린다. 하나 두울 아침을 열 듯 바다를 가르듯 자그마한 배들이 지나가고 그 속에 노력섬 뒤쪽에서 해가 솟는 붉은 기운이 번져오는 가운데 진목리로 길을 재촉했다.

한국문학사에 뚜렷한 족적을 남긴 소설가 이청준은 장흥군 대덕면(회진면)의 진목리에서 태어났다. 그가 회진이라는 작은 포구에서 국민학교를 다니던 무렵의 몇 년간 그의 가족들이 차례로 죽어갔다. 그의 나이 여섯 살이 되던 해 세 살난 아우의 죽음과 결핵으로 죽어간 맏형, 그리고 아버지의 죽음은 남은 가족들과 그에게 지울 수 없는 큰 상처를 남겨 놓았다. 그때부터 그는 형의 정신적인 유물이었던 책과 노트를 통해서 죽은 사람과의 영적 교류를 시작하였다. 한줌의 재로 변해버린 형의 육신이 어린 이청준의 마음속에서 훌륭하게 재생되었으며 그로 인하여 그의 빛나는 문학이 사람들에게 전해지게 된 것이다.

> 나는 그 형의 기록을 전하기 위하여 지루함을 참으며 책을 읽었고……. 나는 그 형과만 지냈다. 책과 노트 속에서 형을 만나 그 형의 꿈과 소망과 슬픔들을 은밀히 이야기로 들었다.

이청준은 그의 작품 「눈길」에서 가난과 어머니와 그 흰 백색의 눈을 아름답게 묘사했고, 「선학동 나그네」, 「당신들의 천국」, 「잔인한 도시」, 「서편제」 등 수많은 작품 속에서 권력과 언어의 문제, 정치와 사회의 문제 그리고 한의 문제를 집요하게 천착해왔다. 그가 어린 시절을 보낸 진목리 마을은 다른 어느

마을이나 다름없이 평화로웠다.

참나무가 많아 참냉기 또는 진목이라 부르는 진목마을에서 참나무를 찾아 볼 수가 없다. 참나무가 참나무인 것은 어느 때부터였을까? 신라가 가장 번성하였을 때 17만호의 경주시내 집집마다 숯불로 불을 지폈던 그때부터가 아니었을까? 숯 중에는 참나무 숯을 최고로 쳤고, 나무 역시 강했기 때문에 참나무라고 하여서 참 진眞자 진목이라고 불렀을 것이다. 봄날 나라의 모든 산들마다 피어나는 진달래를 참꽃이라고 부르고 철쭉은 개꽃이라고 불렀던 것처럼…….
이청준 선생이 태어난 그 집에는 20여 년 전에 이미 다른 사람이 들어와 살고 있다가 지금은 군에서 매입하였다. 그 집 담 벽 속에는 철 늦은 토마토가 주렁주렁 열려 있었다. 눈부신 아침 햇살을 받으며 삭그미(이진목)마을과 도청제를 지나자. 천관산이 눈앞이다.

대덕읍을 지나 방촌리에 접어들면 제법 규모가 큰 고인돌들이 무리를 이루고 있는데, 옛사람들의 무덤들이 옹기종기 서 있는 소나무 숲을 벗어나 바라보면 천관산이 듬직한 맏형 같은 자세로 얼굴을 내민다. 이곳 방촌리에도 재미있는 지명들이 많이 있다.
할미처럼 구부정하게 생긴 할미바우 밑에 있는 사랑바우는 위가 넓고 평평해서 젊은 남녀들이 사랑을 속삭이는 바우라고 부르고, 세태동 남쪽에 있는 회화나무인 여기정女妓亭(삼괴정)은 이곳 방촌리가 고려시절 회주고을이었을 때 기생 명월과 옥경이 이 나무 밑에서 놀았기 때문에 지어진 이름이라고 한다. 사람이 엎어져 있는 것 같다고 엎진바우라는 이름이 붙은 바우 아래에 있는 턱이진 바우는 아들바우라고 부르는데, 아들을 바라는 사람이 돌을 던져서 그 턱에 얹히면 아들을 낳는다고 한다. 천관산 자락의 오래된 옛집인 위씨 가옥의 고즈넉함을 맘껏 받아들이고 산행에 접어들었다.

장천암엔 위백규 선생의 실학정신이 스며있고

길은 평탄하다. 산세가 이 정도라면 나무숲들이 울창할 듯싶지만 예상보다 울창하지는 않다. 그러나 골짜기만큼은 제법 큰 산 못지않다. 조선시대의 실학자 존재存齋 위백규 선생은 이 골짜기의 볼만한 곳들에 뇌문탄, 청냉회, 와룡홍 등의 이름을 남겼다. 도화교를 지나 조금 오르니 장천재가 보인다. 그 옛날 이곳에 장천암이라는 암자가 있었던 것을 헐어버리고 장흥 위씨들이 재실을 지었다고 하며, 위백규 선생이 그의 제자들에게 글을 가르쳤다고도 하는데 장흥에는 사람 셋이 모이면 한 사람은 위씨라는 말이 있을 정도로 위씨들이 많다고 한다.

1978년에 전라남도 문화재로 지정된 장천재[전라남도 유형문화재 제72호]는 문이 잠긴 채 사람들을 맞고 있다. 산행은 정작 이제부터다. 개울을 건너 능선 길로 접어든다. 초입은 가파르다. 단풍이 물들은 명감나무, 진달래나무가 촘촘히 우거진 소나무 숲을 벗어나자마자 산뜻한 관산읍이 보이고 그 너머 아득히 평화로운 남해 바다가 보인다. 바람은 봄날처럼 살랑살랑 불어서 등을 밀어주고, 바다는 어쩌면 호수 같은 혹은 잔잔한 그리움처럼 달려온다. 하늘은 더없이 푸르고 바다 역시 푸르다.

전라남도 유형문화재 제72호 | 장흥장천재 長興長川齋

나무 숲길을 벗어나자 큰 나무라고는 찾아 볼 수 없다. 민둥산이라고 하기는 뭐하고 진달래와 작은 싸리나무 그리고 만개한 억새가 바람에 흩날리는 산들이 끝없이 이어지면서 능선마다 여러 형상의 바위들이 술을 이었다.
님근석을 빼닮은 바위가 있는가 하면, 단정히 앉아 계신 부처님이 앉아 있을 법한 대좌 형식의 바위 그리고 웅크린 고양이와 돛단배 모양의 바위들이 연이어 나타나는데 한 무리의 사람들이 내려오면서 인사를 건넨다.
"날이 무척 좋습니다. 그래선지 한라산까지 보이네요."
그 한마디에 시선을 제주도로, 남해 바다 먼 곳으로 돌린다. 그러자 중턱까지 구름을 두른 한라산이 바다에 둥실 떠 있는 게 보인다. 한라산까지 바라본 그 여력으로 단숨에 천관산의 주봉 연대봉(723M)에 올랐다.
천관산의 연대봉은 그 이름에서부터 알 수 있듯이 왜적이 침입했을 때 그 사실을 알리기 위해 봉화 불을 올렸던 곳이다. 고려 의종 3년(1149년)에 처음 쌓아서 개축해 오다가 왜적이 침입했을 때 장흥의 억불산(510M)과 병영 땅의 수인산(561M)과 교신을 했던 천관산의 봉수대는 오랜 세월 속에서 기단석만 남아 있던 것을 1986년 3월에야 동서 7.9M 남북 6.6M 그리고 높이 2.35M의 높이로 쌓아 올렸다.

봄 진달래 가을 억새가 절경인 호남 5대 명산 천관산

『동국여지승람東國輿地勝覽』에서는 이 산의 이름과 산세에 대하여 "천관산은 예로부터 천풍산 또는 지제산으로 불렸는데 산세가 몹시 험하여 가끔 흰 연기와 같은 기운이 서린다"고 하였으며, 위백규 선생은 그가 지은 『지제지支堤誌』에서 "천관산은 크기에서는 두류산, 무등산에 뒤지지만 신성스럽고 특이한 면에서는 그들보다 앞서고 금강산, 묘향산을 거쳐 온 사람도 천관산에 오르면 이런 산이 있었구나 하고 감탄한다"라고 기록하였다.

한편 정명 스님은 "천하를 통한 것이 다 일기로 쏟아져 내려와 개천이 되고 그 쌓임은 산을 이루었다. 영의 남쪽 바닷가에 임한 땅 옛 오야현의 경계에 천관산이 자리하니 꼬리는 궁벽한 구석에 도사리고 머리는 큰 바다에 잠겨 그 일어서고 엎드림을 거듭하여 구불구불 몇 주의 땅에 걸치며 그 기운의 쌓임이 크기도 하다"라고 하였다.

곳곳에 기암괴석이 많고 정상 부근에 바위들이 비죽비죽 솟아 있는데 그 바위들이 주옥으로 장식된 천자의 면류관 같이 보여서 천관산이라 부르는 이

천관산의 기암절벽

산을 대덕이나 관산에 사는 사람들은 그저 '큰 산'으로 부른다고 한다. "큰 산에 비 몰려온다", "큰 산으로 소풍 간다", "큰 산이 울었다"라고 말하며 산의 서남쪽에 위치한 대덕 사람들과 산의 동부쪽에 위치한 관산 사람들은 이 산의 정기를 독점해서 누리고자 '네 산이다', '내 산이다' 다툼도 많았다고 한다. 그래서 관산만 해도 1936년까지만 해도 고읍면이었던 것을 천관산에서 천자만 빼어버린 채 관산으로 개명하였다. 특히 날이 가물어 기우제를 올릴 때면 심한 편싸움이 벌어지는데 각 고을마다 서로 번갈아 기우제를 지내고는 산중의 분묘를 파헤쳤다. 큰 산에 누군가가 묘를 잘못 써서 화기를 돋워올려 수액을 말려버린 탓이라 하였다.

내장산, 월출산, 변산, 두륜산과 더불어 호남의 5대 명산으로 불리는 천관산

보물 제88호 | 탑산사명 동종 塔山寺銘 銅鍾

은 봄의 진달래와 가을의 억새 숲이 절경을 이루기 때문에 억새 숲에서 억새제가 열린다. 그러나 산에 오르면 마음이 선해진다는 산에서 올리는 그 억새 축제마저 여느 다른 지역의 축제나 마찬가지로 여러 가지 부작용을 미친다는 말에는 뭐라고 할 말을 잊고 만다.

이 큰 산에는 엄청난 규모의 큰절이 있었다고 전해지는데 그 절이 대덕으로 내려가는 길목에 있는 탑산사塔山寺일 것이라고 말하고 있지만 한편에서는 천관사가 큰절이라는 말도 전해온다. 그 절의 여러 내력들을 이곳 사람들은 이렇게 말하고 있다.

"큰 산엘 들어가면 사방에 옛 절터가 남아 있는데 그 도량이 얼마나 컸던지 절이 불타 없어질 때 죽어 쌓인 빈대 껍질이 지금도 발 등을 덮어올 정도라지"라거나 "큰절 앞에는 산 중복 겐 데도 용둠벙이라고 부르는 검은 소가 뚫려 있어 그 소에 아홉 마리의 용이 살다가 승천을 해갔단다. 그래서 절터 뒤엔 지금도 용이 꿈틀거리며 하늘로 올라가는 형국의 바위 모양이 남아 있게 되었고 그 산의 정봉을 구룡봉이라고 하는 것도 거기서 이름이 유래한 것이다"라고 말한다.

이렇듯 전설 속의 큰절(탑산사)이 실재했음을 알려주는 보물 한 점이 대흥사

표충사의 유물관에 전시되어 있다. 탑산사 동종[보물 제88호]이라 이름 붙여진 이 종은 임진왜란 때 절이 불타 없어진 뒤에 해남의 대흥사에 옮겨져 보관되고 있다. 종신에 새겨진 문양이나 명문 그리고 기법으로 보아 고려 때의 것으로 추정되는 이 탑산사의 동종이 천관산 자락에 그 맑은 종소리를 울렸던 날들도 이 산은 이렇게 헐벗은 채로 있었을까.

천관보살이 주거했다는 천관사

바라보는 아랫녘에는 그림 같은 호수처럼 남해 바다가 펼쳐져 있고 가깝게 거금도, 금당도, 금일도, 생일도가 지척이며 조약도, 고금도, 신지도가 눈앞이다. 그 뒤편에 한라산은 구름 속에서 신호를 보내고 푸르른 바다, 푸르른 하늘 그리고 눈부시게 나부끼는 억새의 군락이 보인다. 이 억새를 문학평론가 김훈은 『풍경과 상처』에서 이렇게 사유하였다.

> 헛것의 투명함과 헛것의 가벼움으로 흔들린다. 그것들은 빛나지 않는다. 그것들은 바람이 부는 쪽으로 숙일 수 있는 끝까지 머리를 숙이지만 그것들의 뿌리로 바람에 불려가지 않는다. 그것들은 바람에 시달리면서 바래고 사귀면서 그 시달림 속으로 풍화되면서 생사의 먼지로 퍼지고 버린다.

산정에서 영화의 한 장면처럼 억새밭에 누워 보기도 하고 거닐어 보기도 하다가 구룡봉 쪽으로 발길을 옮긴다. 억새밭 아래쪽 능선을 따라 기암괴석들이 줄을 지어 서 있다. 대략 40여 개가 넘는 기암괴석 중에서도 천관산의 제

장흥 천관사

일이라는 구룡봉에는 아홉 마리의 용이 기어 나온 흔적이 남아 있고 용의 발자국이라는 웅덩이가 있으며, 서쪽에는 지장봉, 석선봉, 촛대바위가 있다. 천관사로 하산하는 그 가파른 길에만 해도 종봉, 선재봉, 관음봉, 대세봉, 독성암, 연봉등이 사열하듯 서 있다. 마지막 바위를 내려서면, 길은 이곳에서부터 산책로처럼 평탄하고 소나무 숲길을 한참을 내려서자 천관사다.

천관보살이 주거했다는 데에서 절 이름이 유래된 천관사를 『동국여지승람東國輿地勝覽』의 「장흥 도호부 불우조」에서는 "영통화상이라는 사람이 일찍 꿈을 꾸니 북쪽곶이 땅으로부터 솟아오르는데 화상이 가지고 있던 석장이 날아 산꼭대기를 지나 그 북쪽곶에 이르러 내려 꽂혔다. 그곳이 지금의 천관사다"라는 창건설화가 소개되고 있지만 장흥지역의 향토지에는 또 다른 창건설

보물 제795호 | 장흥 천관사 삼층석탑 長興 天冠寺 三層石塔

화가 전해 내려오고 있다. 그 기록에는 천관사의 본래 이름은 화암사로써 신라 성덕왕 4년(705) 보현사의 정천암을 크게 개창한 뒤에 그 절 이름을 화암사로 개칭하고 교종의 스님이었던 영변과 그의 동료였던 다섯 명이 운영케 하면서『화엄경』을 설법하였다 한다.

그 후 애장왕 때에 영통화상이 다시 천관사로 개명하여 재창건한 것으로 되어 있다. 그 당시 절의 시세를 짐작해 볼 수 있는 것은 신라 성덕왕 때에 쌀 삼백 석과 등유 2석을 내렸고, 애장왕 때에 이르면 다시 밭 800결과 노비 400명을 이 절에 시주했던 것으로 알려져 있다. 그러나 천관사의 유적으로는 절터 입구에 3층석탑[보물 제795호]과 지방문화재로 지정되어 있는 석등 및 5층석탑이 있을 뿐이다. 천관사 3층석탑은 2층 기단 위에 3층의 탑신을 형성하고 정상부에 상륜을 장식한 일반형 석탑이다. 기단부의 구성은 상륜을 장식한 여러 개의 장대석으로 지대를 구축하고 하층기단을 받고 있는데, 이 석탑은 별다른 손상이 없이 아름다움을 자랑하는 안정감 있는 탑으로 신라식 일반형 석탑을 충실히 계승한 것으로 고려 전기 작품으로 추정되고 있다.

개발의 상처에 피 흘리는 산에도 흰 억새는 그리움처럼 흔들리고

89개의 암자를 거느렸다는 그 옛날의 영화는 찾을 길 없는 천관사에는 천관보살을 모셨던 극락보전과 새로 지은 칠성각만 남아 있는데, 정면 3칸에 측면 2칸인 극락보전은 건축양식이 간결하고 지붕의 선이 직선형이다. 벽면의 장식이나 기교보다는 현실적으로 꾸며져 소박함을 보여주고 있기 때문에 고려시대의 간결미가 그대로 드러나고 있다. 한편 산신당 고랑에는 장흥군에서 천관산 신령을 모시고 제사를 지냈던 천관산신사天冠山 神祠가 있다.

천관산자연휴양림에서 내려가며 바라본 천관산은 개발이라는 미명 하에 저질러지는 사람의 욕망이 얼마나 비이성적인가를 극명하게 보여주고 있었다. 자연스레 산 아래로 길이 만들어졌어도 좋으련만 산의 중간 허리를 7Km쯤 잘라버린 그 길을 가며 마음속으로 한없이 분노의 한숨을 토해냈다. 편리와 황금에 눈 먼 풍속 때문에 영문도 모르고 피 흘리는 산들은 그래도 계절의 흐름에 따라 눈부신 단풍을 자랑하고 있었다. 그 산들을 돌아 관산읍을 돌아올 때 "소선의 가을 하늘을 네모 다섯모로 접어 편지에 넣어 보내고 싶다"던 필벅 여사의 말 한마디가 떠올랐다. 푸른 가을 하늘 아래 푸른 바다와 절묘하게 어울렸던 천관산의 흰 억새가 그리움처럼 흔들리고 있다.

천불천탑이 기러기떼처럼 솟아있는 천불산의 명찰

전라남도 화순 운주사

운주사 답사에 앞서 보아야 할 곳이 두 군데 있다. 그 첫 번째가 화순읍을 벗어나자마자 만나게 되는 경전선 철로 옆의 벽라리 미륵이다. 여기서 뒤를 돌아보면 무등산이 지척이다. 도곡, 능주, 남평평야로 이어지는 미륵거리들의 동편을 바라보고 세워진 이곳은 옛날의 지명이 배바위 혹은 새우마을인 점으로 미루어 보아 그 옛날 영산포에서 이곳까지 배가 드나들었던 포구였음을 알 수 있다.

민초의 희망을 돌에 새긴 벽라리 돌미륵

미륵정, 즉 미륵거리에 있는 돌미륵으로 알려진 벽라리의 미륵은 조선 후기에 세워진 민불 중에서 규모가 가장 크고 조각미가 뛰어난 작품이다. 마을

벽라리 돌미륵

쪽에서 보면 전체 형태는 남근형이고, 들녘에서 보면 아기 미륵형 민불이다. 민머리의 얼굴을 얕은 민부조로 몸체의 의습과 손 그리고 손에 든 연꽃은 음각선으로 표현되어 있다. 얼굴은 약간 부은 눈두덩에 단추눈, 납작코에 야무진 입의 전형적인 동자형 부처상인데 귀엽고도 앳된 표정이 바라볼수록 정감이 간다. 이 벽라리 미륵은 영험이 대단하다는 소문이 나서 광주, 화순, 나주 일대의 무당들이 몰려와 차일을 쳐놓고 밤을 새워 굿을 했다고 한다. 다시 말하면 마을 미륵의 영험이 널리 알려져 먼 곳에서까지 와서 치성을 드리는 치성의 장소가 되었다.

미륵의 영험에 관해서는 아기를 못 낳는 사람이 공을 들이면 아이를 낳았고, 사람이 아파서 치성을 드리면 그 다음날로 바로 나았고, 그 옛날 머슴들이 논일을 하다가 미륵 곁에 변을 보면 배가 아팠다가 변을 치우면 배가 나았다는 등 재미있는 일화들이 수 없이 많다. 아름답기 이를 데 없는 벽라리 미륵을 지나 길은 능주로 이어진다.

개혁사상가 조광조의 한 맺힌 자취가 서린 능주목

조선 16대 임금이었던 인조 어머니의 고향이라서 능주목이 되었기에 나주처럼 목사고을로 불리는 능주면 남정리에 조선의 대표적 개혁사상가였던 정암 조광조의 흔적이 남아 있다. 당시 사람들은 그를 일컬어 광자狂者 또는 화태禍胎[24]라고 불렀다. 그것은 예나 지금이나 적당히 머리 조아리고 요령껏 사는 사람들이 판을 치는 세상에서 원칙에 철저하고 앎과 행함을 일치시키려 했던 그를 용납하지 않는 시대였기 때문에 그의 앞선 실천이 도리어 화를 가져오는 미친 짓으로 보였기 때문이었을 것이다.

실천주의자였던 조광조는 열일곱 살 어린 나이에 평안북도로 귀양 가 있던 김굉필에게서 성리학을 배웠다. 그는 성리학性理學만이 당시의 만연한 사회 모순을 해결하고 새 시대를 이끌어갈 수 있는 이념이라고 확신했다. 중종의 절대적인 신임을 받고 있던 조광조는 30대의 젊은 나이로 사정의 최고 책임자였던 대사헌大司憲에 오르면서 개혁의 강도를 한층 더 높였다. 그러나 그의 개혁 중 중종반정에 책봉된 공신들 중 하자가 있는 사람들을 공신명단에서

---

24) 화를 낳는 사람

삭제하자는 개혁안이 문제였다. 결국 이 안은 훈구 척신파들의 반박을 불러 일으켰고 개혁의 동반자였던 중종의 사림 견제 심리까지 더해져 기묘사화己卯士禍로 걷잡을 수 없이 번져, 조광조의 개혁정치는 실패로 돌아갔다.

훗날 이이는 『석담일기石潭日記』에서 "자질과 재주가 뛰어났음에도 불구하고 학문이 부족한 상태에서 정치일선에 나아가 개혁을 급진적으로 추진하다가 결국 실패하고 말았다"라고 조광조를 평가했다.
1519년 11월 이곳 능주로 유배되었던 조광조는 그해 12월 20일 이곳 적소에서 자신의 죽음을 예감하고 "신하 한두 사람 죽이지 못하내서야 임금이라고 할 수가 있겠는가"라고 도무지 알 수 없는 말을 뇌까리며 곧바로 사사의 명을 받았다. 그가 죽기 전에 썼던 시 한 수는 이러했다.

> 임금을 어버이 같이 나라 일을 내 집 같이 걱정하였노라. 밝고 밝은 횃불이 세상을 굽어보니 거짓 없는 이 마음을 훤히 또 비추리.

운주사, 중생의 바다 위에 떠있는 희망의 사찰

조광조의 유배지인 능주에서 도암면 운주사까지는 이십여 분. 처음 운주사를 찾았던 때는 1989년 가을이었다. 그 때만 해도 운주사로 오는 길은 비포장도로였던 길인데 십여 년 사이에 많이도 변했다. 또한 '천불산 운주사'라는 일주문이 들어서고 입장료를 받는 관리사무소, 절로 향하는 길에는 작은 자갈들이 깔려 있다. 그 사이 잘 정돈된(?) 경내의 석탑과 불상들만 예전의 그

보물 제796호 | 화순 운주사 구층석탑 和順 雲住寺 九層石塔

운주사 대웅전

자리를 지키고 있다.

먼저 눈에 띄는 탑이 운주사 9층석탑[보물 제796]이다. 이 석탑은 높이가 10. 7m 이며 거대한 암반 위에 별도의 지대석 없이 암반 자체에다 3.4단의 단의 굄대를 각출하고 그 위의 귀단부위의 면석을 올렸다. 옥개석마다 여러 개의 선문이 이상한 형태로 조각되어 있는데, 이러한 조식기법은 운주사 석탑에서만 볼 수 있는 특이한 형상으로서 조선 후기의 작품으로 추정된다. 9층석탑 우측의 산 아래 자락 그늘에 예닐곱 개의 석불들이 여러 식구들의 모습을 닮은 채로 지나는 길손을 맞고, 그 위쪽에는 허튼 돌을 그대로 쌓아놓은 일명 동냥치 탑이 소나무들과 이웃 한 채로 서 있다.

다시 대웅전 쪽을 향하면 7층 5층과 원형의 탑들이 마치 기러기 떼처럼 솟아 있고 좌우측의 산들에도 여러 탑들이 우뚝우뚝 솟아 있다. 많아야 두세 개 혹은 다섯 개 쯤의 탑들을 볼 수 있는 우리나라의 절집들 중 유독 이 운주사에서만 수십여 개의 탑들과 수십여 개의 불상들을 만날 수가 있는데 이토록 높지 않은 산 이름 자체가 천불산이고 봉우리 이름이 다탑봉인 것은 어디에서 유래한 것일까.

전라남도 화순군 도암면 대초리 천불산 기슭에 위치한 운주사는 대한 불교 조계종의 제21교구 본사인 송광사의 말사로서 나지막한 산속에 들어앉아 있다. 이 절 이름을 배[舟]자로 삼은 것은 중생은 물[水]이요 세계는 배[船]라는 뜻이라고 하는데, 물방울 같은 중생이 모여 바다를 만들고 세계라는 배가 그 중생의 바다 위에 비로소 뜨는 것이며 역사는 중생의 바다에 의해 떠밀려가는 것이라는 깊은 뜻이 운주사의 배舟자에는 숨겨져 있다고 한다.
창건 당시 운주사의 명칭은 『동국여지승람東國輿地勝覽』에는 운주사雲住寺로 기록되어 있지만 그 후 중생과 배의 관계를 의미하는 운주사澐舟寺로 바뀌었다가 다시 훗날에 그 두 가지를 섞어서 운주사雲舟寺로 전해왔다. 그러한 이름 탓이었는지 이 절을 처음 지을 때 해남의 대둔산이며 영남의 월출산 그리고 진도와 완도, 보성만 일대의 수없이 많은 바위들이 우뚝우뚝 일어나 스스로 미륵불이 되기 위하여 이 천불산 계곡으로 몰려왔다고 한다.

이 절의 창건설화는 신라 때의 고승인 운주화상이 돌을 날라다주는 신령스런 거북이의 도움을 받아 창건하였다는 설과 중국설화에 나오는 선녀인 마고할미가 만들었다는 설이 있다. 그리고 운주화상이 천일기도를 하여 흙 같은 것으로 탑을 쌓았는데, 탑이 천 개가 완성된 다음 천동선녀로 변하여 불상이 되었다는 설도 있고 거의 똑같은 솜씨로 만든 돌부처들의 모습을 보아 한 사람이 평생을 바쳐 만들었을 것이라는 설들도 있으며, 석공들이 석탑과 석불을 만들었던 연습장이었을 것이라는 허황한 설도 전해진다. 그러나 운주사의 창건에 관하여 가장 널리 유포된 설화는 화순과 이웃 영암 출신 도선국사와 관련된 풍수비보설風水裨補說이다.

그는 신라 말기에 영암 구림에서 출생하여 화엄사에서 승려가 되었으며 동리 산 태안사의 혜철에게서 배웠다. 도선은 일찍부터 고려 왕건의 탄생과 건국을 예언하였다고 알려져 있다. 산천비보사상山川裨補思想과 풍수지리설風水地理說, 음양도참설陰陽圖讖說 등은 고려시대에 많은 영향을 주었고, 입적한 후에 도선은 선각국사라는 시호를 받았다.

도선국사는 우리나라의 지형을 배의 형상으로 보고 배가 안정되기 위해서는 선복船腹에 무게가 실려야 하므로 선복에 해당하는 이곳에 천불천탑을 세웠다는 것이다. 또 다른 설화로는 영남 쪽에 산이 많고 호남 쪽에 산이 적으므로 배가 동쪽으로 기울어 땅의 정기가 일본으로 넘어가는 것을 막기 위해서 도술을 부려 근처 30리 안팎의 돌들을 불러 모아 하룻밤 사이에 천불천탑을 세웠다고 하는 전설도 있다. 그러나 운주사 유적들이 12~13세기 양식들인데 비하여 도선국사가 활동했던 시기는 그보다 3~4세기 앞선 9세기인 만큼 연대부터가 맞지 않는 일이다.

풍수비보설 못지않게 널리 퍼져 있는 이야기는 미륵신앙이다. 그것은 운주사 일대의 미륵불의 이미지가 권위적이지 않고 민중적인 것으로서 천불천탑이 세워진 이 운주사 일대를 반란을 일으킨 노예와 천민들이 미륵신앙을 염원하며 신분해방을 꿈꾸었던 해방구로 설정하였다고 보는 것이다.

미륵이 일어서는 것은 개벽과 혁명이다

소설가 박태순 선생이『국토기행』에서 언급한 봉건구조 속에서 신음하고 있던 노비들이 내세불인 미륵의 용화세계를 염원하며 신분해방운동을 일으켰던 지역이며, 그 당시 천민마을이었던 나주시 문평면 일대와 인접한 점으로 보아 천민마을의 민중생활사와 관계된 공동체 사회의 신앙처였을 것이라고 보는 시각과 황석영의 장편소설『장길산』에서 나타나는 민중의 이야기가 그것이다. 황석영은 관군에 참패한 장길산이 능주로 숨어든 것처럼 운주사의 천불천탑과 누워 있는 미륵불을 작품에 삽입했다. 그는 장길산이 진도와 전라도 일대의 섬들 그리고 나주 영암 일대에서 일어난 노비들과 함께 도읍지가 바뀌는 새로운 세상을 꿈꾸며 천불천탑을 세우려다 실패한 통한의 장소로 운주사를 설정하였다. 그는 이곳 운주사 일대를 역성혁명의 성지로 이해하였고 누워 있는 미륵이 일어서는 것을 개벽과 혁명으로 보았던 것이다. 그러나 성호 이익이 홍길동, 임거정과 더불어 조선의 3대 도적이라고 명명했던 장길산이 활동했던 시기는 조선 숙종 때였고 운주사의 유물들이 만들어진 시기는 고려 초로 보기 때문에 전혀 맞지 않는 문학적 상상력이라 할 수 있을 것이다.

『장길산』보다 한 술 더 뜬 소설이 작가 이재운이 지은『토정비결』인데 이 책에서는 황진이의 미모에 무너졌다는 지족선사를 등장시켜 천불천탑을 깎고 있는 도인으로서 묘사하고 있다. 그러저러한 연유로 운주사는 사람들의 입에서 입으로 번지면서 수많은 이야기를 남겨 놓았다.

설화나 문학에 앞서서 운주사에 관한 가장 오래된 기록은『신증동국여지승람新增東國輿地勝覽』에 "운주사는 천불산에 있다. 절의 좌우 산마루에 석불, 석탑이 약 1천 개씩 있고, 또 석실이 있는데, 두 개의 석불이 서로 등을 대고 앉아 있다. 개천사가 천불산에 있다"라고 기록되어 있는데, 이것은 현재 천불산 좌우의 산등성이에 석불과 석탑이 산재한 것과 일치되며, 석불 둘이 등지고 있는 것이 일치되고 있다. 또한『조선사찰자료朝鮮寺剎史料』에 수록된 〈도선국사실록道詵國師實錄〉에 어느 학승이 영조 19년에 지어서 간행한 글인데, 도선국사의 행장과 월출산 일대의 지세와 그 일대의 사찰을 다음과 같이 기록하였다.

> 우리나라의 지형은 떠가는 배와 같으니 태백산, 금강산은 그 뱃머리이고, 월출산과 영주산은 그 배꼬리이다. 부안의 변산은 그 키이며, 영남의 지리산은 그 삿대이고, 능주의 운주는 그 뱃구레이다. 배가 물에 뜨려면 물건으로 뱃구레를 눌러주고, 앞뒤에 키와 삿대가 있어, 그 가는 것을 어거해야 그런 연유에 솟구쳐 엎어지는 것을 면하고 돌아올 수 있다. 이에 사당과 불상을 건립하여 그것을 진압하게 되었다. 특히 운주사 아래로 서리서리 구부러져 내려와 솟구친 곳에 따로 천불천탑을 설치해 놓은 것은 그것으로 뱃구레를 채우려는 것이고, 금강산과 월출산에 더욱 정성을 들여 절을 지은 것도 그것으로서 머리와 꼬리를 무겁게 하려는 것이었다.

운주사 천불천탑, 천명의 대중과 함께 세운 민초의 마음

전남도청에서 펴낸『전남의 전설』에는 도선국사와 운주사의 전설이 이렇게 실려 있다.

> 도선이 여기에 절을 세우기 위해, 머슴을 데리고 와서 천상(天上)의 석공들을 불러 용강리 중장터에 몰아놓고, 단 하루 사이에 천불천탑을 완성하고, 새벽닭이 울면 가도록 일렀다. 천상에서 내려온 석공들은 절 위의 공사바위에서 돌을 깨어 열심히 일했으나, 도선이 보기에 하루사이에 일을 끝내지 못할 듯 싶으므로 이곳에서 9km쯤 떨어져 있는 일괘봉에 해를 잡아놓고 일을 시켰다. 해가 저물고 밤이 깊었지만 천상에서 내려온 석공들은 열심히 일하고 있었다. 이때 이들의 일손을 거들어주던 도선의 머슴들이 지쳐 꾀를 생각해 냈다. 어두운 곳에 숨어서 닭 우는 소리를 흉내낸 것이다. 꼬끼오, 일을 하던 석공들은 가짜로 우는 닭소리를 듣고 모두 하늘로 올라가버렸다. 이 때문에 운주사에는 미처 세우지 못한 와불(臥佛)이 생겼고, 6km쯤 떨어진 곳에 있는 도암 하수락 일대의 돌들은 천상의 석공들이 이곳으로 돌을 끌고 오다 버려두고 가서 중지된 형국을 하고 있다.

이 절 뒷산에는 말발굽 모양의 흔적들이 수없이 찍힌 바위들이 있는데 중장터에 전해오는 민담에는 이렇게 전해진다.

> 세상의 악을 더 이상 방치할 수 없다고 판단한 신들이 이 절을 세워 용화세계를 이루기 위해 말을 타고 하늘에서 내려와 이 바위에서 이 절을 세울 일을 의논하였다. 그때 신들의 말발굽이 그 바위에 찍힌 것이다.

줄지어 서 있는 탑들을 따라 올라가다 보면 석조불감[보물 제797호] 안에 남북 쪽

보물 제797호 | 화순 운주사 석조불감 和順 雲住寺 石造佛龕

불감 남쪽의 불좌상

불감 북쪽의 불좌상

보물 제798호 | 화순 운주사 원형 다층석탑 和順 雲住寺 圓形 多層石塔

의 석불 두 분이 벽을 사이에 두고 서로 등을 대고 앉아 있다. 이러한 예는 우리나라 조각사상 유례가 없는 것이다. 다시 발길을 옮기면 만나게 되는 탑이 원반형 다층석탑[보물 제798호]이다. 이 탑 또한 우리나라에서 찾아볼 수가 없는 탑으로써 사람들은 큰 호떡들을 얹어놓은 듯하다고 한다. 그러나 여기서부터 운주사는 새롭게 지어진 여러 가지 불전들로 인하여 옛 모습을 찾아볼 수가 없다.

전남대 박물관에서 네 차례에 걸쳐서 발굴하고 종합 조사한 결과에 의하면 현재의 운주사 입구보다 훨씬 앞쪽으로 사지寺地가 형성되어 있었으나 세월이 흐르면서 사지가 줄어들었던 것으로 추정되며, 건립연대도 11세기에서 12세기에 걸쳐 이루어졌다고 한다. 또한 어느 때 폐사가 되었는지 정확하게 알려진 것은 없지만 발굴 조사 때 '운주사 환은천조 홍치8년雲住寺 丸恩天造 弘治八年'이라는 명문의 암막새 기와가 출토되어 본래의 이름이 구름이 머문다는 뜻의 운주사였음이 밝혀졌고, 홍치 8년이라는 명문은 1496년에 중창된 적이 있음을 알려주면서 동시에 그 무렵까지는 운주사가 번성했음을 알 수 있다. 그러나『동국여지지東國輿地誌』에 따르면 고려 때의 승려 혜명이 1,000명의 대중과 함께 천불천탑을 세웠다고 기록되어 있는 것으로 보아 고려 중기에 천

운주사 석불

불천탑이 조성되었다는 것이 가장 근접한 것이라고도 본다.

대웅전을 지나서 공사바위 쪽으로 오르다 보면 또 하나 이상야릇한 탑을 만난다. 원구형 석탑으로써 떡시루나 주판알 모양, 또는 실꾸리 모양의 이색적인 탑으로 『조선고적보도朝鮮古蹟圖譜』에 의하면 7개가 있었는데 지금은 네 개만 남아 있을 뿐이다. 그곳에서 몇 걸음 옮기면 석불군이 펼쳐져 있다. 이곳의 주존 돌부처는 제대로 된 모습을 갖추었으나 코가 깨어진 채로 앉아 있으며, 그 옆에 작은 부처는 더욱 처연하기 이를 데 없다. 이 운주사의 석탑들이나 석불들은 모두가 하나같이 굶주리고 빼앗길 대로 빼앗긴 민중들의 모습들을 하고 있으며 한결같이 못생겨서 부처의 위엄을 지닌 것이 한 분도 없다. 바위로 난 길을 따라 산길을 올라가다 보면 나타나는 바위가 이름하여 공사바위다.
이 공사바위에 올라서면 운주사의 전체 모습을 일목요연하게 바라볼 수가 있다. 얼핏 보면 사람이 앉았던 것처럼 움푹 파인 바윗돌은 그 옛날 천불천탑을 세울 때 총감독이 앉아서 지시를 했던 바위라 하여 공사바위라는 이름을 얻었다. 이 공사바위에서 바라보면 국사봉(440)과 개천산(497), 천태산(497)이 병풍처럼 쭉 늘어서 있고 그 아래로 탑들은 줄을 지어 서 있다.

민초의 삶 속에서 함께했던 운주사의 운명

아무도 오르지 않은 길을 힘들여 오르자 능선길이고, 절 쪽으로 내려가니 운주사 요사채에는 수백 개의 장독들이 늘어서 있다.
'와불님 뵈러 가는길' 팻말 밑으로 탑이 솟아 있으며, 길은 반질반질하게 나 있다. 산길을 조금 오르자 큰 바위가 나타나고, 그 바위를 기단 삼아 탑이 솟아 있고, 그 아래에 부처들이 서 있다. 다시 길을 오르자 일명 머슴부처라고 하는 부처가 길을 막고, 그곳에서 몇 걸음을 올라가자 운주사의 누워 있는 미륵이다. 야트막한 이 산 꼭대기에 누워 있는 한 쌍의 부부미륵은 머리를 낮은 곳으로 두고 다리를 산 위쪽으로 둔 채 다시 일어나지 못할 것처럼 처박혀 있다. 남편 미륵이 12m이고 부인 미륵이 9m에 이르는 미륵불은 전설에 의하면 세상이 바르지 못함으로 거꾸로 처박혀 있는 것이라고 한다. 이 미륵이 일어날 때 세상이 바로 서리라 했다고 한다.

내려오는 길에 칠성바위를 만난다. 얼핏 보면 원반형 7층석탑의 옥개석으로

운주사 와불

운주사 칠성바위

도 보이지만 자세히 살펴보면 북두칠성이 이 땅에 그림자를 드리운 듯한 모습과 흡사하다. 그래서 학계에서는 운주사 탑들의 배치가 하늘의 별자리와 같다고 보고 있고, 고려시대의 칠성신앙의 근거지였다고 하기도 하며, 그렇기 때문에 천문학적인 관측자료로서 그 가치를 높이 평가하고 있다.

이 운주사에 과연 천기의 석탑과 천기의 석불들이 진실로 세워졌을까? 불교에서는 천千을 만수로서 무량무수의 여래를 표상하고, 천불신앙은 과거 장엄겁, 현재 현겁, 미래 성숙겁의 삼세 삼천불 가운데 현재 현겁에 대한 신앙을 가르친다. 그렇기 때문에 이곳에 천불과 천탑을 세운 것이 아니라 천불신앙에 천불천탑이었을 것이고, 그것도 하룻밤 새 도력으로 세운 것이 아니고, 11세기 초반에서부터 15세기까지에 걸쳐 만들어졌을 것이라는 말이 정답일 것이다.

그러나 수백여 개에 이르렀을 탑과 석탑들이 이 절이 폐사된 뒤로 수없이 사라지고 말았다. 절의 관리가 허술해지자 그 틈을 타서 이곳 주민들이 탑을 뜯어다가 상석, 주춧돌, 디딤돌, 빨래판으로 만들었고, 돌부처의 머리를 잘라버리고, 그 몸통으로 설거지통이나 구유, 다듬잇돌 등으로 개조하여 쓰기도 하였다고 한다. 힘 있는 사람들은 자기 집의 정원을 꾸미겠다고 아예 통째로 실어나가기도 하여 천불천탑이라던 유형무형의 문화재는 자꾸만 줄어들게 되었다. 그래서 일제 식민지시대까지만 해도 240여 개쯤 되던 탑과 불상들이 오늘날에는 돌부처 70여 개와 석탑 17개 등 80여 개가 남아 있을 뿐이다. 그나마 남은 돌부처의 얼굴도 성한 것이 별로 없다. 이유는 이 지역 사람들이 남편이 바람을 피거나 부부 사이에 아이가 없거나 몹쓸 병에 걸리면 미륵불상의 코를 떼어 빻아 가루를 만들어 먹으면 원하는 일이 이루어진다는 속설 때문에 돌부처들의 코가 성할 수가 없었기 때문이다.
이렇듯 운주사는 그 옛날의 번성했던 중장터를 뒤로 하고 민초들 삶 속으로 들어가 있다.

부처님 진신사리가 발견된 신라 명승고찰

경상북도 상주 **남장사, 북장사**

예로부터 '삼백' 곧 '세 가지 흰 것'의 고장으로 불려왔던 상주의 삼백은 상주에서 나는 쌀과 목화 그리고 누에고치가 흰 것이기 때문이었다. 그러나 해방 이후부터 상주의 명물이었던 목화의 수요가 줄어들면서 그 자리를 곶감이 들어가기 시작했다. 곶감을 바라보며 입맛을 다시는 사이 헐벗은 감나무들이 숲을 이룬 남장리를 벗어났고 남장 저수지 둑에 접어들었다. 이 곳의 돌장승은 여느 전라도 지역의 돌장승과는 다른 모습이다. 너무도 재미있게 생긴 돌장승의 모습에 입을 다물지 못했다. 퉁방울 같은 눈, 얼굴의 반쯤은 차지한 듯한 주먹코, 일자 입술 아래로 삐죽하게 튀어나온 송곳니와 그 아래 턱 밑으로 익살스럽게 달린 수염, 어느 한 가지도 정돈되지 않고 제멋대로 만들어진 돌장승의 모습에 즐거운 어린 날의 동심으로 돌아갔다.

경상북도 민속문화재 제33호 | 남장사 석장승 南長寺 石長丞

퉁방울 눈, 주먹코의 너무나 인간적인 돌장승

186cm의 키에 어울리지 않게 친근감을 느끼게 하는 이 돌장승[경상북도 민속문화재 제33호]의 몸체에는 '상원주장군'이라고 새겨져 있고, '임진 7월 입'이라고 새겨서 장승을 세운 연대를 파악할 수 있는데, 임진왜란이 일어났던 1592년까지 올라갈 것 같지는 않고, 동학농민혁명이 일어났던 1894년의 2년 전인 1892년이거나 1832년쯤이 아닐까 생각된다. 이 돌장승은 대다수의 민불이나 돌장승처럼 멀리서 보면 남근의 모습을 띠고 있기도 하다.

이 장승에 치성을 올리면 아들을 낳는다는 속설이 있다고 하며, 원래의 위치는 남장사 일주문 근처였다고 하는데 저수지를 만들면서 지금의 위치로 옮겼다고 한다. "못생긴 놈들은 서로 못생긴 얼굴만 보아도 즐겁다"는 말을 실감하며 차에 오른다.

남장저수지는 겨울이라 밑바닥만 겨우 채우고 있고, 그래서 그런지 물길은 푸르딩딩하다. 소나무와 잡목이 우거진 숲길을 지나 맨 처음 만나게 되는 절 건물이 남장사南長寺의 일주문이다. 분명치 않은 기억이지만 내가 처음 왔던 그 무렵 노악산의 일주문은 그 옛날의 낡고 색이 바랜 아늑한 모습을 띄고 있었을 터인데, 그 뒤 어느 시절에 다시 지붕을 개조했는지는 몰라도 맞배지붕을 한 건물 윗부분이 새 것으로 교체되어 옛 모습을 잃고 말았다. 그러나 남장사의 일주문을 자세히 살펴보면 옛 사람들의 아름다움을 보는 눈과 해학적인 품성을 살펴볼 수가 있어서 좋다. 일주문을 바치고 있는 네 기둥이, 거의 비슷하게 구부러진 네 개의 나무를 구해다가 세운 그 모습을 바라볼수록 자연과의 조화를 생각하며 만들어졌음을 알 수 있다.

부처님 진신사리가 발견된 남장사

청정한 도량에 들어서기 전에 세속의 번뇌를 말끔히 씻고 일심이 되어야 한다는 뜻을 지니고 있고, 일심一心을 상징적으로 뜻하는 일주문을 벗어나며 숲길은 더욱 우거져 있으며, 절로 향하는 길은 겨울 이른 아침 탓인지 텅 비어 있다. 가지에 남은 몇 개의 나뭇잎이 부는 바람에 사각거리고 어디선지 울어 제치는 새 한 마리, 길은 적막하다.

노악산 남쪽 기슭에 운치 있는 아기자기한 암벽들을 배경삼아 울창한 숲속에 자리 잡은 신라고찰 남장사는 식산 이만돈이 지은『남장사사적기』에 의하면 신라 제42대 흥덕왕 7년(832년)에 진감국사가 창건하였다고 전해진다. 당나라에서 돌아오던 진감국사가 노악산에 머물면서 장백사를 창건하고 무량전을 지으면서 큰 절의 면모를 갖추었다는 기록이 최치원이 지은『사산비문四山碑文』중 실상사 진감국사의 비문에 실려 있다. 그 후 1186년(명종 16) 각원국사가 지금의 터로 옮겨 짓고, 절 이름을 남장사라고 바꾸었는데, 이는 북장사, 갑장사 등 상주 지역의 4장사 중의 하나로 되었기 때문이었다.

그 뒤 1203년에 금당을 신축하였고 1473년에 중건하였으며 임진왜란 때 불에 탄 뒤 인조 13년 정수선사가 3창을 하였고 여러 차례 중수를 거듭하였다. 남장사는 불교가 융성하던 고려 때까지 번성하다가 조선 초기의 숭유억불 정책에 따라 사세가 약화되었다. 그 중에서도 태종은 배불정책을 과감하게 단행하여 궁중의 불사를 폐지하면서, 전국의 242개 사찰만 남겨둔 채 그 이외의 사찰은 폐지하였다. 동시에 그 절에 소속되었던 노비와 토지를 몰수하였고, 왕사와 국사 제도를 폐지하였으며 11종의 종단을 7종으로 축소하였다. 그 후 연산군은 성 안팎의 사찰 23개를 헐어버리고 승려가 되는 것을 금지하였다. 그러다가 문종 때에 이르러 문정왕후의 섭정에 힘입어 선·교 양종을 부활시켰지만, 문정왕후 이후 탄압이 계속되었다. 근근이 사세를 이어가던 남장사는 임진왜란 때 빼어난 활약상을 펼친 사명대사가 선종과 교종의 통합을 실현하기 위해 그 당시 금당이었던 보광전에서 수련하면서 선종과 교종의 통합도량으로 사람들에게 널리 알려지게 된다.

1978년 7월, 영산전의 후불탱화에서 주불과 16나한상을 조각할 때 석가모니불의 진신사리 4과와 칠보류들을 봉안했다는 기록과 함께 사리 4과 및 칠보

경상북도 유형문화재 제468호 | 상주 남장사 일주문 尙州 南長寺 一柱門

류가 발견되었다. 현재 남아 있는 절 건물들로는 극락보전을 비롯하여 영산전, 보광전, 금륜전, 향로전, 진영각, 강당, 일주문[경상북도 유형문화재 제468호], 불이문 등이 있고, 부속암자로는 관음전과 중궁암이 있다.

1635년에 불에 탄 뒤 1856년에 중수한 극락보전은 정면 3칸과 측면 3칸으로 건칠 아미타불 좌상의 좌우에 관세음보살과 대세지보살이 협시하고 있으며, 이곳에는 1701년에 그린 감노왕 탱화[보물 제1641호]를 비롯해 1741년에 그린 아미타불의 후불탱화 등이 있고, 꽃 창살이 아름답다.

극락보전을 지나면 불이문不二門이 나타난다. 사찰로 들어가는 산문 중 마지막 문으로서 해탈문解脫門이라고도 부르는 이 문의 불이不二는 분명을 떠난 언어의 그물에 걸리지 않는 절대의 경지를 뜻한다고 한다.

보물 제1641호 | 상주 남장사 감로왕도 尙州 南長寺 甘露王圖

『유마경維摩經』의 진수를 불이법문이라고 하는데 그 법문 속에서 유마가 보살들에게 물었다고 한다.

"불이법문에 들어간다는 것은 무슨 뜻입니까?"

이때 여러 보살들이 자신들의 체험을 통해 얻은 견해를 이야기했고 마지막으로 문수보살은 이렇게 말하였다.

"나는 이렇게 생각합니다. 모든 것은 말하려고 해도 말할 수가 없고 알려고 해도 알 수 없으므로 모든 물음과 답변을 초월하는 것이 불이법문에 들어가는 것입니다."

말을 마친 문수보살이 유마에게 물었다.

"우리들은 제각각 자신의 견해를 말하였는데 다음 차례는 유마 당신의 차례

입니다. 어떠한 것을 불이법문에 들어간다고 하는 것입니까?"

그 물음에 유마는 묵묵히 말이 없었다. 이때 문수보살이

"훌륭합니다. 문자와 말까지도 있지 아니한 것이 참으로 불이법문에 들어가는 것입니다."

유마가 한 번의 침묵으로 불이법문에 들어간 것을 보여준 것처럼 석가세존 역시 임종에 임하여 40여 년 간 한 자字도 설하지 않았다고 하였다.

병란이나 가뭄에 땀을 흘리는 철조비로자나불 좌상

불이문을 나서자 나타나는 건물이 보광전이고 문 앞에 서자 문득 스님의 염불소리가 들린다. 염불소리에 섞여 목탁소리가 들리고 쨍그렁 쨍쨍 맑고도 맑은 풍경소리가 뒤섞여 들려온다. 문을 열고 들어선다. 스님을 한가운데 두고 한 가족인 듯싶은 여남은 명의 사람들이 합장을 한 채 49제의 기도를 올리고 있다. 49제는 죽은 사람의 넋을 극락으로 인도하는 천도제로서 사람이 죽는 날로부터 7일마다 7회에 걸쳐 49일 동안 행하는 의식이다. 불교의 내세관에서는 사람이 죽으면 다음 생을 받을 때까지의 49일 동안은 중음中陰이라고 하는데, 그 기간 동안에 다음 생의 과보를 받는다고 한다. 기도소리를 따라 절을 올리고 가만히 서서 철조비로자나불과 뒤편의 목각탱화들을 찬찬히 들여다본다.

고려 공민왕 때 나옹화상이 조성했다고 알려져 있는 보광전의 철조비로자

보물 제990호 | 상주 남장사 철조비로자나불좌상 尙州南長寺 鐵造毘盧遮那佛坐像

보물 제922호 | 상주 남장사 보광전 목각아미타여래설법상尙州 南長寺 普光殿 木刻阿彌陀如來說法像

나불 좌상[보물 제990호]은 상주에 관한 기록인 〈상산지商山誌〉에 의하면 병란이나 심한 가뭄이 있을 때에는 천년이나 된 철불이 있어 땀을 흘린다고 전해오는 것으로 보아 이 불상의 신이함이 대단했음을 알 수 있다. 이 불상은 높이 1.33m로 큼직한 낙계가 있는 머리와 가늘게 만개한 눈을 바라보면 엄숙함은 느껴지지 않는다. 양쪽 어깨에 옷을 걸친 통견의 모습이며 배꼽 부근에 의대가 조각되었다. 또한 이 철조비로자나불 좌상 뒤를 감싸고 있는 후불목각탱화[보물 제922호]는 다른 전각에서는 볼 수 없는 금빛이다.

목각탱화에 금분을 입힌 이 탱화는 다른 절에서 흔히 볼 수 있듯이 종이나 비단에 그린 것이 아니라 나무 일곱 장을 잇대고 위쪽으로 1장을 덧붙여서 보살상들을 조각한 것이다. 중앙에 아미타불이 모셔져 있고 관세음대세지보살을 비롯한 네 보살상을 양쪽으로 새기고 그 주위는 비천과 나한, 사천왕 등 모두 24구를 조각하였다. 높이는 226cm, 폭은 236cm로 옆으로 퍼진 형

보물 제923호 | 상주 남장사 관음선원 목각아미타여래설법상 尙州 南長寺 觀音禪院 木刻阿彌陀如來說法像

식의 이 목각탱화 속에서 재미있는 것은 울상을 짓고 있는 사천왕상의 얼굴 표정이다. 전체적으로 근엄함과는 거리가 먼 친근한 인상을 띤 보살들이 쓴 화관은 붉은색과 녹색을 따로 칠해서 화려함을 돋보였는데, 19세기에 조성된 것으로 여겨지고 있다.

이렇듯 불상의 뒤편에 목각탱화를 세운 곳은 우리나라에 그리 흔치 않아서 문경의 대승사, 예천의 용문사, 남원의 실상사 약수암 등이 있을 뿐이다.

응향각으로 올라선다. 남장사 응향각 안에는 이 절에 주석했던 사명대사와 진감국사, 달마대사를 비롯해 나옹스님과 휴정대사의 영정이 모셔져 있는데, 1812년에 그렸다고 전해지는 달마대사의 영정은 다른 절의 달마대사와는 사뭇 다른 모습이다.

남장사를 나와 관음전으로 향한다. 감나무들이 길섶에 늘어서 있고, 저만치 관음전이 보인다. 관음전은 절집 같은 분위기가 풍기지 않는다. 문을 들어서면 우측으로 철근 콘크리트로 지어진 현대식 건물인 요사채가 있고, 정면에 관음전이 서 있는데, 꼭 우리네 사람 사는 한옥 같다.

1668년에 창건되었다고 전해지는 이 관음전 안에는 관세음보살상이 모셔져 있는데, 관세음보살의 뒤편에 모신 후불탱화가 목각으로 되어 있다. 이 남장사 관음전의 목각후불탱화[보물 제923호]는 예천 용문사 목각탱화와 함께 우리나라 목각탱화 중에서도 가장 빼어난 수준을 보여주는 17세기의 대표작이다. 특히 만들어진 연대가 1694년으로 분명하게 알려져 있는 귀한 작품이다. 『개금기改金記』에 의하면 본래 이 관세음보살상과 후불목각탱화는 천주산 북장사의 상련암에 있던 것을 19세기 초에 옮겨 왔다고 한다. 목각탱화에서 보살상들의 배치는 중앙에는 본존불과 그 좌우로 네 보살상이 배치되었고 그 주위는 2대 제자인 아난과 가섭 그리고 사천왕을 배열한 구도이다.

하단의 연꽃에서 나온 연꽃가지가 본존불과 두 보살의 대좌를 이루어 삼존좌상을 나타내었고, 이들 협시상 사이로는 구름을 표현하여 상단좌우에 구름을 타고 보이는는 타방불他方佛을 묘사하었다. 본존불은 두 손을 무릎에 놓고 엄지와 중지를 맞댄 손 모양을 하고 있고, 협시보살상들은 손에 연꽃가지를 잡거나 합장한 모습이다. 제자상들도 두 손으로 합장을 한 모습이다. 또한 사천왕상은 조선시대 불화에 나타난 사천왕의 위치와 명칭을 따르고 있다. 왼쪽에는 칼을 든 지국천왕과 비파를 연주하는 다문천왕이, 오른쪽에는 구슬과 용을 잡고 있는 증장천왕과 보탑과 창을 가지고 있는 광목천왕이 있는데 그들은 몸을 구부리거나 자유로운 자세를 취함으로서 자연스러움을 느끼게 해준다. 이처럼 자연스러움과 파격적인 면을 보임으로서 관음전의 목각탱화는 보광전의 목각탱화와는 또 다른 모습을 보여주고 있다.

신라 고찰의 전통이 남아있는 남쪽 남장사, 북쪽 북장사

노악산으로 오르는 산길에 접어들었다. 노악산은 작은 암봉들과 숲이 수려

하여 영남8경의 하나로 손꼽히며, 산이 매우 높아서 늘 안개가 끼어 침침하다. 연악(갑장산: 806M), 석악(천봉산)과 함께 삼악의 하나로 꼽힌다고 하지만 의외로 산을 찾는 사람들이 잘 모르는 산이다.
절 뒤쪽으로 난 산길에는 소나무들이 제법 울창하고 마른 냇가를 지나자 표지판이 눈에 띈다. '중궁암 2km 정상 3.5km' 바라보면 중궁암으로 오르는 길을 따라 전신주들이 열 지어 서 있고, 멀리 정상이 보인다. 능선길을 조금 오르자 바로 눈앞 건너편에 정상이 보이고 바로 옆에 전망대바위라고 불러도 좋을 만큼 전망이 빼어난 바위가 있다.
누가 쌓아 올린 것일까? 능선길에는 바위를 기단삼아 돌탑이 쌓여져 있고 천천히 오르자 정상이다. 정상에서의 조망은 그렇게 좋지 않다. 간간히 소나무와 섞여 있는 잡목들이 우거져 있는 정상을 지나 하산 길에 접어들자 나타나는 '암벽 길' 아래를 굽어보자 기암괴석에 잘생긴 분재용 소나무가 새초롬하게 서 있다.

남쪽에 남장사, 북쪽에 북장사를 안고 있는 이 산을 남장사 쪽에서는 노악산 남장사라고 부르고 북장사 쪽에서는 천주산 북장사라고 부르고 있다.
북장사는 현재 낡고 퇴락한 요사채와 새로 지은 대웅전과 명부전 그리고 산신각만 남아 있어 바라보기가 안쓰러운 절이지만 이 절은 신라 흥덕왕 8년(833)에 진감국사가 남장사를 창건하고서 이 절을 창건하였다는 사적기를 지니고 있는 신라의 고찰이다.
『북장사 사적기』에는 이 절이 있는 산의 이름을 천주산이라고 기록한 이유를 이렇게 기록하고 있다.

상주 북장사

산 위에 수미굴이 있고, 그 가운데에 저절로 생긴 돌기둥이 있는데 아래는 좁고 위는 넓어서 마치 하늘을 괴어 받친 기둥처럼 보일 뿐만 아니라 교태스럽고 괴이한 모습으로 입을 벌리고 서 있는 모습이다. 또한 구름과 안개를 마시기도 하고 토하기도 하기 때문에 천주산이라고 이름지었다. 그러나 오래도록 이 산의 이름을 모르고 있었는데, 옛 절터의 기왓장에서 천주산이라는 명문(銘文)이 출토되어 옛부터 명명되었음을 알게 되었다.

창건 이후 이 절은 수미암, 상련암, 은선암 등의 부속암자를 가진 나라에 이름난 사찰이었으나 임진왜란의 병화로 인하여 소실되어 폐허가 되었다. 그 후 1624년(인조 2년)에 이곳에 온 중국의 승려 10여 명이 중건하였으며 그 뒤 많은 승려들이 모여 수행에 정진하였다. 1650년에 화재로 절이 전소되었

경상북도 유형문화재 제510호 | 상주 북장사 극락보전 목조아미타여래삼존좌상 尙州 北長寺 極樂寶殿 木造阿彌陀如來三尊坐像

고 서묵, 충문, 진일 등의 스님들이 중건하였고, 여러 번의 중수를 거쳐 오늘에 이르렀다.

북장사 극락보전은 1660년경에 지었고, 내부에는 1670년에 향나무로 조성한 아미타삼존불[경상북도 유형문화재 제510호]이 봉안되어 있는데, 높이가 196cm인 아미타삼존불상과 188cm인 관음보살상 그리고 대세지보살이 그것이다. 이 불상들은 용암사 목조아미타불 좌상이나 원각사 목조대세지보살 좌상 그리고 남장사 소조관음보살 좌상과 같이 17세기에 제작된 불상들과 같은 양식에 속하는 불상들로서 17세기 후반기에 정착된 조선 후기의 불상양식들을 잘 보여주고 있다. 또한 이 절에는 오랜 역사를 지닌, 높이가 20자에 너비가 30자쯤 되는 괘불탱[보물 제1278호]이 있고 이 괘불탱에 전해오는 전설은 이렇다.

신라 때 한 스님이 사흘 동안 문을 걸어 잠그고 이 그림을 그렸다. 한 스님이 이상히 여겨 문틈으로 들여다보았다. 스님은 간데없고 푸른 빛깔의 새가 열심히 날개로 그림을 그리고 있다가 갑자기 사라져버렸다. 하도 신기하여 문을 열고 들어가 보니 한쪽 어깨가 덜 그려져 있었다고 한다.

보물 제1278호 | 북장사영산회괘불탱 北長寺靈山會掛佛幀

이 괘불탱을 걸고서 기우제를 지냈다고 하는데 그때마다 영험을 나타내서 비가 내렸다고 한다. 그러나 이 괘불탱을 내어 걸 때마다 나라 안의 어느 절에선가 스님 한 사람이 죽는다고 전해졌기 때문에 행사를 극히 삼간다는 말이 전해오고 있다.

이와 같은 사연이 있는 절일 뿐만 아니라 먼 곳에서 바라보면 기암괴석이 하늘을 찌를 듯 솟아 있는 산세가 좋은 노악산 자락의 북쪽에 자리 잡은 북장사는 교통이 불편한 관계로 다른 절에 비해 알려져 있지 않아 찾는 이가 드물다.

다산의 아픔을 간직한 한강의 아름다운 사찰

경기도 남양주 **수종사**

1986년부터 시작돼 '한국 천주교 발상지 천진암 성역화 작업'을 마친 강학로에 접어들면 한국천주교회 2백주년 기념비가 세워져 있다. 기념비 뒷면에는 2백5자의 한문이 음각되어 있다. 즉 다산이 지은 권철신과 정약전의 묘지명을 발췌·인용하여 한국 천주교의 창립을 설명한 것이다.

여기서 산길 소로를 20분쯤 오르면 옛 천진암터가 있다. 천진암터에는 이벽·이승훈·권철신·권일신·정약종 등 '한국천주교회 창립선조' 5인의 묘역이 조성되어 있다. 천진암터 아래로는 1789년 강학회 멤버들이 아침마다 세수를 했다는 '빙천'이 있다. 바로 다산의 기록 그대로의 모습이다. 그 기록이 없었다면 한국 천주교를 제대로 설명할 수가 없었을 것이다.

이곳 앵자봉 산기슭에 주춧돌의 흔적만 남은 천진암에서 이 나라 천주교의 선구자였던 광암 이벽과 권철신, 권일신 형제, 정약전, 정약용 형제 그리고 이승훈, 김원성, 이용억, 권상학과 같은 젊은 실학자들이 천주교의 교리를 가르쳤다. 그래서 한국의 베들레헴으로 일컬어지기도 하는 이곳을 성지로 가꾸어야 한다는 천주교 측 사람들의 이야기들이 모여져 마침내 1979년 천주교에서 문화관광부에 사적지로 지정해 줄 것을 요청하였다. 뒤를 이어 1785년 6월 14일 만31세로 순절한 이벽의 무덤을 포천의 공동묘지에서 찾아내어 이곳 천진암으로 옮겼고, 1981년에는 화성에서 정약종의 묘와 인천 만수동에 있던 이승훈의 묘를 이장하였으며, 1984년에 한국 천주교회 창업선조 5위의 묘비를 건립하였다.

며칠 동안 내린 비로 인하여 천진암으로 가는 골짜기는 물소리가 요란하고 비에 젖은 나무들은 가지를 늘어뜨리고 있다. 아침 산책로로 이보다 더 아름다운 길은 찾아보기 힘들 것이다. 생각하는 사이에 다리 건너 천진암터에 도착한다. 이벽의 묘, 우측에 이승훈과 정약종이 있고 좌측에 권일신, 권철신 형제의 묘가 있다. 정약종은 정약용의 셋째 형이었으며 정약용은 형 약전과 더불어 이벽에게서 많은 것을 배웠다.

정약용 가문의 순교의 상흔이 서려있는 마재와 천진암

다산 정약용은 사도세자가 죽임을 당했던 영조 38년(1762) 6월 16일 압해정씨 재원과 해남윤씨의 넷째 아들로 태어났다. 그의 어머니는 송강 정철과 쌍벽을 이루는 가사문학의 대가 고산 윤선도와 윤두서의 직계 후손이었다. 그의 호는 다산이고 당호는 여유당與猶堂이었는데 여유당이란 '겨울 냇물을 건너듯이 네 이웃을 두려워하라'는 뜻이었고, 다산은 그의 유배지였던 귤동의

정약용 생가

뒷산 이름이었다. 다산은 18년의 유배에서 풀려 마재로 돌아와서도 17년을 살고 1836년(헌종 2년)에 75세의 나이로 별세했다.

당시의 내로라하던 고관대작들은 양수리의 그의 집 앞을 지나치면서도 다산을 찾지 않았다고 한다. 철저한 고독 속에서 다산은 『흠흠신서欽欽新書』30권, 『아언각비雅言覺非』3권 등의 대작을 완성했다. 그의 유배지였던 강진과 그의 고향 마재 그리고 그러한 시대상황을 굳굳하게 헤쳐나간 다산이 아니었다면 우리는 시대를 뛰어넘는 나라의 스승을 만날 수 없었을 것이다. 그리고 고향땅 마재와 천진암은 정약용에게는 평생을 따라다닌 그리움의 땅이었다. 그 그리움이 『여유당전서與猶堂全書』에 적혀 있다.

1797년 여름 석류꽃이 처음 필 무렵 내리던 부슬비도 때마침 개었다. 정약용은 고향 소내에서 천렵하던 생각이 간절하였다. 조정의 허락도 받지 않고 도성을 몰래 빠져나와 고향에 돌아왔다. 친척 친구들과 작은 배에 그물을 서둘러 싣고 나가 잡은 고기를 냇가에 모여 실컷 먹었다. 그러자 문득 중국의 진나라 장한이 고향의 노어와 순채국이 먹고 싶어 관직을 버리고 고향에 돌아갔다는 이야기가 생각났다. 그는 산나물이 향기로울 때라는 것을 깨닫고 형제·친척들과 함께 앵자산 천진암에 들어가 냉이·고비·고사리·두릅 등 산채들을 실컷 먹으며 사흘이나 놀면서 20여 수의 시를 짓고 돌아왔다.

대성당 부지 동쪽의 앵자산 기슭에는 '조선교구 설립자 묘역'이 있는데 흡사 정약용 집안의 가족묘지를 방불케 한다. 그곳에는 조선교구의 설립자이자 정약용의 조카인 정하상의 묘가 있다. 정하상은 정약종의 둘째 아들이며, 정약용의 조카이다. 어려서 서울로 이사하여 살았던 정하상은 1801년 아버지와 그의 형 철상이 일곱 살 때 서울 서소문에서 순교하자 누이동생 정혜와 어머니를 모시고 낙향하였다.

20세에 서울에 올라온 정하상은 여신도 조증이의 집에 머무르면서 신유박해로 폐허가 된 조선교구를 재건하고 현석문, 유진길과 함께 성직자 영입운동을 추진하였다. 그 뒤 1816년 동지사 통역관의 하인으로 북경으로 들어간 정하상은 그곳에서 주교를 만나 세례와 견진성사를 받았으며 선교사를 조선에 파견해줄 것을 청원하였다. 북경교구의 사정으로 선교사가 파견되지 못하자 아홉 차례에 걸쳐 북경을 내왕하면서 청원을 계속하였다. 1825년에는 유진길과 함께 연명으로 로마 교황에게 직접 청원문을 올려 조선 교회의 사정을 알렸고 1827년에는 교황청에 접수되었으며 1831년 9월 9일자로 조선교구의 설정이 선포되면서 초대 교구장에 브뤼기에르 주교가 임명되었다. 1937년에 조선교구 2대 교구장인 앰베르가 주교로 임명되었고 정하상이 가까운 장래에 조선인 최초의 신부로 예정되었지만 1939년 기해박해가 일어나며 앰버르 주교가 순교하고 정하상도 가족과 함께 7월에 체포돼 9월 22일 순교하고 말았다.

정하상은 1925년 로마교황에 의해 복자위에 올랐고 1984년 시성이 되었다. 정하상 묘 바로 밑에는 정약용의 조부모와 부모의 묘가 있고 1981년에는 충주에서 발견되어 옮겨진 정약전의 묘 그리고 이벽의 부모, 동생부부, 누이의 묘가 있다. 곳곳에 흩어져 있던 묘들을 천주교 측에서 찾아내 이장한 것이다. 다산 정약용은 천주교 측에서 보면 배반자였지만 어떤 의미에선 한국 천주교의 은인이었다. 그가 없었다면 아니 정약용 가문이 없었다면 어떻게 한국 천주교의 역사를 알 수 있었을까.

두물머리엔 다산의 아픈 기억만 흐르고

천진암을 나와 양수리로 향한다. 강폭 가득한 한강에는 물안개가 피어오르고 팔당댐 건너편에 정약용의 고향인 마재가 있다.
우리나라에서 압록강, 두만강, 낙동강에 이어 네 번째로 긴 한강은 한사군과 삼국시대 초기에는 한반도의 중간 허리부분을 띠처럼 둘렀다는 뜻에서 대수라 불렀고, 고구려에서는 아리수, 백제는 욱리하, 신라는 상류를 이하, 하

양수리 두물머리

류를 왕봉하라 불렀다.

고려 때에는 큰 물줄기가 맑고 밝게 뻗어 내리는 긴 강이란 뜻으로 열수洌水라고 불렀고, 그 이전 백제가 중국의 동진과 교통하여 결국 문화를 받아들이면서 한강의 이름을 한수漢水라고 불렀다가 어느 사이에 한강이라는 이름으로만 불리게 되었다.

한강은 우리말로 '한가람'에서 비롯되었고, 가람은 강의 옛말로 조선시대에는 경강으로 외국의 여러 문헌에는 '서울강'이라는 기록이 있다. 마식령 부근에서 발원하여 파주군의 적상면과 문산읍을 지나 한강 본류와 만나는 것이 임진강이고 금강산 부근에서 발원하여 강원도와 경기도를 지나 홍천강을 합쳐 경기도로 흐르는 것이 북한강이다. 강원도 태백시 창죽동 금대산에서 발원하여 정선, 영월, 단양, 여주를 거쳐 경기도로 들어오는 남한강은 섬강을 만나고 남양주의 두물머리에서 북한강과 한 몸이 되어 한강으로 거듭난다. 양수리에서 북한강과 남한강을 받아들인 한강은 계속 북서 방향으로 흐르면서 왕숙천, 한천, 안양천 등을 거쳐 김포평야를 지나 서해로 들어간다.

한강의 발원지를 『세종실록지리지世宗實錄地理志』를 비롯해 『동국여지승람東國輿地勝覽』, 『택리지擇里志』, 『대동지지大東地志』 등 옛 문헌에선 오대산 우통수라고 적고 있다. 그러나 국립지리원에서 조사한 결과는 강원도 태백시 창죽동 금대산(1418) 북쪽 계곡으로 기록되었다. 그러한 결과를 토대로 북한강은 325.5km, 남한강은 394.25km, 섬강은 103.5km에 이른다. 북한강과 남한강이 만나는 두물머리는 한자로는 양수두兩水頭라고 쓰며, 두 강줄기가 합수하는 모서리 가장자리라는 뜻이다.
일제가 우리나라를 강점하고서 양수리 근처에 올라가서 두물머리를 내려다보고 "조선에도 이런 명당이 있었나" 하고 감탄했다는 두물머리는 나라의 젖줄로서의 강물뿐만이 아니고 조선 후기 실학사상으로서 한민족을 감싸고자 했던 실학의 집대성자 다산 정약용이 태어나고 말년을 보낸 곳으로서도 뜻 깊은 곳이다.

현재는 경기도 남양주시 조안면 능내리 산 75-1번지로 변했지만 다산이 살았던 그 당시는 경기도 광주군 초부읍 마현리였다. 서재와 독서 그리고 침잠하기에 알맞고 좋다 하여 '여유당'이라고 불렀다는 다산의 생가는 1925년 여름의 홍수 때 떠내려가 1975년 새로 복원한 것이다.

옛 맛을 느낄 수 없는 다산의 집 뒷편 '여유당與猶堂'이라 새긴 빗머리돌을 지나 작은 언덕에 오르면 정약용과 그의 아내인 숙부인 풍산 홍씨와 합장한 묘가 나타난다. 소나무가 병풍처럼 둘러쳐진 다산의 묘 앞에서 보면 팔당호의 출렁이는 물결이 어른거리고 그 뒷산인 운길산 깊숙한 곳에 수종사가 있다.

세조의 기연奇緣이 깃든 수종사 종소리

가을이 오매 경치가 구슬퍼지기 쉬운데
묵은 밤비가 아침까지 계속하니 물이 언덕을 치네
하계(下界)에서는 연기와 티끌을 피할 곳이 없건만
상방(上方) 누각은 하늘과 가지런하네
흰구름은 자욱한데 뉘께 줄거나
누런 잎이 휘날리니 길이 아득하네
또 동원(東院)에 가서 참선이야기 하려하니
밝은 달밤에 괴이한 새 울게 하지 말아라

서거정이 '동방 사찰 중 제일의 전망'이라고 극찬했던 수종사는 운길산 바로 아랫자락에 있는 절로 봉선사의 말사이다. 창건연대는 확실하지 않으나 1439년(세종 21)에 세워진 정의옹주의 부도가 있는 것으로 보아서 그 이전에 창건하였을 것으로 추정된다. 그 뒤 1458년(세조 4)에 왕명으로 크게 중창되었다.

수종사 전경

보물 제2013호 | 남양주 수종사 사리탑 (南楊州 水鐘寺 舍利塔)(좌)
보물 제1808호 | 남양주 수종사 팔각오층석탑 南陽州 水鐘寺 八角五層石塔(우)

금강산을 순례하고 돌아오던 세조는 날이 저물어 이수두(현재의 양수리)에서 하룻밤을 묵게 되었다. 그날 저녁 한밤중에 세조는 귀를 의심하였다. 어디선가 종소리가 들려오는 것이 아닌가. 이상하게 생각한 세조는 날이 밝자 그 종소리가 들리는 곳을 따라 운길산으로 올라갔다. 종소리가 들리는 곳에는 바위굴이 있었고 그 굴속에는 16나한이 앉아 있었다. 종소리로 들렸던 것은 그 굴속에서 물 떨어지는 소리가 암벽을 울려 마치 종소리처럼 들려온 것이었음을 알게 된 세조는 그곳에 절을 짓고 절 이름을 수종사라고 하였다. 이때 5층의 돌계단을 쌓아 터를 닦고 절을 지어 16나한을 봉안하였으며 5층 석탑을 세웠다.

현재 약사전 앞에는 아무리 큰 가뭄에도 마르지 않는 물줄기가 있기 때문에 이곳을 찾는 사람이 많이 있다. 그 뒤 여러 차례 절을 중수하였고 한국전쟁 때 불타버린 것을 1974년 주지 장혜관이 다시 지었다. 이 절에는 사리탑[보물 제2013호]과 팔각오층석탑[보물 제1808]이 있고, 태종의 다섯 번째 딸이었던 정의옹주의 부도 내에서 나온 금동불 18구가 국립중앙박물관에 보관되어 있는데, 그 탑에는 1439년에 쓴 발원문이 있어 이 탑의 연대 추정에 참고가 되고 있다.

날 밝은 날 이 수종사에서 바라본 북한강과 남한강이 펼쳐놓은 장관이 한 폭의 산수화 같다. 녹색의 물감을 풀어놓은 듯한 울창한 나무숲 사이로 양수리는 금세라도 물에 잠길 듯 펼쳐져 있고 눈으로 보아서는 미동도 않는 한강은 서울 거쳐 임진강을 만나 바다로 가기 위해 마무리 단장을 하는 듯 하다.

이색과 나옹화상, 세종의 역사가 담긴 경기 대표 고찰

경기도 여주 **고달사, 신륵사**

처음 고달사 터[사적 제382호]에 왔을 때는 꽃피는 봄날이었다. 남녘의 산에서부터 피기 시작한 진달래가 북녘으로 활활 타올라 경기도 일대까지 올라오고 하동, 구례, 광양의 산천에 흐드러지게 핀 매화며, 노오란 산수유 꽃들이 자지러질 무렵이었다. 고개를 들어 앞을 보니 산수유 꽃밭이 노랗게 온 들판을 눈부시게 물들이고 여기저기 눈에 띄는 불교 유물들, 나는 할 말을 잃고 여기저기를 찬찬히 바라볼 따름이었다.

도道의 경지를 통달한다는 뜻을 지닌 고달사高達寺는 혜목산 아래에 있고, 그 지형은 아늑하게 감싸인 것이 큰 소쿠리 속에 있는 듯하다. 신라 경덕왕 23년(764)에 창건되었다는 기록만 있을 뿐 누가 창건했으며 어느 때 폐사되었는지 알 길이 없다. 추정하기로, 이때는 신라가 한강유역을 장악했던 시기였고 남한강의 유리한 수로를 확보하기 위해 거대한 사원을 경영했을 때였으

사적 제382호 | 여주 고달사지 驪州 高達寺址

므로 고달사를 신라시대 창건설로 볼 수 있는 것이다. 그렇기 때문에 원종대사가 창건했다는 설은 맞지가 않고 원종대사元宗大師 이전에 나말여초기에 세력을 떨친 선종 계통의 절이었을 것으로 여겨진다.

꽃피는 봄날, 산수유 노랗게 물든 고달사가 지척이고

고달사는 구산선문 중 봉림산파의 선찰이면서 고달선원으로 불렀다. 창원에서 봉림산문을 개창한 진경대사 심희는 원감국사 현욱의 제자였고, 진경대사는 원종대사에게 법통을 넘긴다. 김현준이 쓴『이야기 불교사』에는 "문성왕 2년(840) 현욱선사는 거처를 여주 혜목산 고달사로 옮겼는데 사람들은 산 이름을 따와서 스님을 '혜목산 화상'이라 부르기도 하였다. 그곳에서 30년 가까이 선풍을 떨치다가 경문왕 9년에 입적하자 경문왕은 원감이라는 시호를 내렸다"라고 적고 있다.

왕실의 비호를 받으며 큰절의 위용을 갖추었고 사방 30리가 모두 절의 땅이었다는 고달사를 중흥시킨 사람은 원종대사였다. 신라 말의 고승이며 고려 초의 선승이었던 원종대사 찬유는 성은 김씨였고 자는 도광道光, 계림이며 하남에서 용의 아들로(경문왕 9) 태어났다. 열세 살 때 상주 공산 삼랑사에서 융제선사에게 배웠으나 융제는 그가 법기法器임을 알고서 혜목산의 심희를 스승으로 모시게 하였다. 890년(진성여왕 4) 삼각산 장의사에서 구족계를 받았다.
광주 송계선원에 있던 원종은 심희의 권유에 따라 892년에 상선을 타고 당나라로 들어가 서주 투자산의 대동에게 배우고 곧 도를 깨달았다. 그 뒤 중국의 여러 사찰들을 유람하다가 921년(경명왕 5)에 귀국하여 봉림사에 머물렀고 원감국사에 이어 진경대사 심희에게 법맥을 이어받게 된다.

심희는 삼창사에 머물 것을 명하였고 3년 동안 머물렀던 원종은 고려 태조 왕건의 요청에 따라 경주 사천왕사로 가게 되지만 이곳 혜목산 고달사로 되돌아와 많은 제자들을 배출하게 된다. 국사의 자리에 오른 원종대사는 이곳에서 수많은 제자들을 배출하여 대선림을 이룩하였고 혜종과 정종 임금은 가사를 내렸으며 광종은 그를 국사로 책봉하고 증진대사라는 호를 내렸다.
국사의 자리에 오른 원종에게 임금은 은병, 은향로, 수정 염주 법의 들을 내렸으며 고려 왕실의 막대한 지원에 힘입은 원종대사는 고달선원을 전국 제일의 사찰로 만들었다. 그가 은퇴한 뒤 말년을 보내다 입적한 고달선원은 희양원, 도봉원과 함께 전국 3대 선원으로 불렸다.

고달선원은 고려시대 전국 3대 선원

제자로는 흔혼, 동광, 행근, 전이 등 5백여 명이 있고 '원종대사 혜진'이라는 시호는 광종이 대사의 업적을 애도하여 내린 추시이다. 이 같은 그의 내력은 국립중앙박물관에 보관되어 있는 대사의 비문에 기록되어 있다. 원종대사가 입적한 뒤 이 절이 언제 폐사되었는지 알 길이 없다. 『신증동국여지승람新增東國輿地勝覽』에 "취암사와 상원사가 혜목산에 있다"라는 기록으로 보아 고달사의 암자인 듯한 두 절만 남아 있었을 것으로 보인다. 현재 발굴 중인 고달사터에 들어서서 맨 처음 만나게 되는 유물이 고달사터 석불대좌[보물 제8호]이다. 좌대는 높이 1.57m 사각이고 상, 중, 하 지대석을 모두 갖추고 있으며 현재 국내에서 가장 크고 잘생긴 대좌로 평가받고 있다.
불상이 놓였던 상대의 각형 받침에는 23잎의 당려문을 새기고 그 밑에 각형 받침에는 다시 안상眼狀을 새겨 놓았다. 대좌의 크기나 장중함으로 보아 그 위에 앉아 있었을 불상 역시 그 규모나 조각기법이 매우 뛰어났을 것으로 여겨지며 당시 철불이 유행이었으므로 철불을 조성했는지 석불이었는지는 알 길이 없다.

이 대좌는 규모가 큼에도 불구하고 연꽃무늬 때문에 유려한 느낌을 주고, 하대석 각 면의 안상과 아래로 향한 복련, 상대석, 각 면의 안상과 위를 향한 앙

보물 제8호 | 여주 고달사지 석조대좌 驪州 高達寺址 石造臺座

보물 제6호 | 여주 고달사지 원종대사탑비 驪州 高達寺址 元宗大師塔碑

련仰聯의 시원스러움이 보는 즐거움을 더하여 준다. 석불대좌에서 20m쯤 서북쪽으로 원종대사 부도비 귀부와 이수[보물 제6호]가 있다. 1915년 봄에 넘어지면서 8조각으로 깨진 비신은 현재 국립중앙박물관에 보존되어 있고 귀부와 이수만 남아 있다. 거북을 비의 받침으로 삼아서 귀부이고 이무기를 지붕으로 삼으니 이수라 한다.

거북은 지상과 하늘을 이어주는 매개체의 역할을 하면서 천년 수명을 누리는 장수의 상징이고 이무기는 하늘을 나는 용의 변화무쌍한 모습으로 둘 다 신성한 영물이다. 원종대사 부도비의 귀부인 이수는 나라 안에서 규모가 제일 크고 탑비를 짊어지고 있는 돌 거북은 그 당당함이 태산 같은 힘을 분출시키고 있는 것처럼 보이며, 땅을 밀치고 나가려는 듯한 역동적인 모습으로 만들었다. 직사각형에 가까운 이수의 맨 아래에 앙련을 둘러 새기고 1층의 단을 두었으며 앞면에는 중앙의 전액을 중심으로 구름과 용무늬로 장식하고서 전액 안에 '혜목산 고달선원 국사 원종대사비慧目山高達禪院國師元宗大師之

국보 제4호 | 여주 고달사지 승탑 驪州 高達寺址 僧塔

碑'라고 썼다.

혜진탑비를 보고 산기슭으로 향하면 비신과 이수가 사라진 돌 거북을 만나게 된다. 산수유나무 아래를 걸어서 산길에 접어든다. 간간히 돌계단이 만들어진 좌우에는 새 푸른 칡넝쿨이 얽히고설켜 있고 이미 팰 대로 패어버린 고사리가 숲을 이루고 있다. 그 길을 곧장 따라가서 만나게 되는 부도탑이 고달사지 부도탑[국보 제4호]이다. 부도 중의 부도라고 일컬어지는 화순 쌍봉사의 철감선사 부도나 지리산 연곡사의 동부도, 북부도가 크지 않으면서 정교한 아름다움으로 사람들의 마음을 사로잡는다면 이 부도는 그 장중함으로 사람들을 압도한다.

신라의 양식을 비교적 정직하게 이어받은 고려시대 8각 원당형 부도 중 가장 규모가 크면서도 안정감이 있는 빼어난 작품으로 평가받고 있는 이 부도탑은 혜목산문의 개산조였으며 경문왕 8년(868)에 입적한 원감국사의 사리탑으로 추정되지만 확실하지는 않다.

하대석은 8각을 이루고 각 면에는 2개씩 안상을 둘렀고 그 위에는 겹친 입사귀의 연꽃이 땅을 향하여 조각되어 중대석을 받치고 있으며 중대석의 둥근 몸돌에는 거북을 중심에 두고 네 마리의 용이 구름 속에서 노닐고 있다. 팔각 몸돌은 정밀하고 후면에는 자물통이 달린 문짝과 창살문, 사천왕상이 조각되어 있고 지붕돌 처마 밑에는 하늘에서 춤을 추며 날아가는 듯한 비천상이 예쁘게 새겨져 있다. 지붕돌 위쪽의 일부가 떨어져 나가고 지붕돌을 축소해 놓은 듯한 보개[25]만 남아 있지만 상륜부가 매우 화려했을 것이라고 추정할 뿐이다. 부도탑이라기보다 부처의 불탑이라고 여겨질 만큼 화려함과 웅

---

25) 불상이나 보살상의 머리 위를 가리는 덮개의 일종

보물 제7호 | 여주 고달사지 원종대사탑 驪州 高達寺址 元宗大師塔

보물 제282호 | 여주 고달사지 쌍사자 석등 驪州 高達寺址 雙獅子 石燈

장함의 극치를 이루는 고달사지 부도에서 계단을 따라 좌측으로 내려가면 원종대사의 부도탑[보물 제7호]과 만난다.

원종대사가 입적한 지 19년이 되던 고려 경종 2년(977)에 화강석으로 조성한 팔각원당형의 이 부도는 고달사 부도를 모방해서 만든 것이라고 볼 수 있다. 이 부도 역시 비천상들과 중대석에 새겨진 다섯 마리의 용이 인상적인데 명령이 떨어지면 금방이라도 살아 움직일 것 같은 용의 모습은 옛날 이 부도탑을 조성했던 장인의 숨결을 그대로 느낄 수 있을 듯하다. 또한 이 절에 있던 고달사지 석등[보물 제282호]은 부도 옆에 있었으나 1959년 옥개석이 없어진 채로 국립중앙박물관으로 옮겨졌으나 얼마 전 발굴과정 중에 그 옥개석을 찾았다고 한다. 고달사지 남쪽에는 산신당이 있던 사기골이다. 그 산신당에는 원종대사에 얽힌 이야기가 전해진다.

원종대사가 고달사에 머무르게 되어 전국의 승려들이 구름처럼 몰려들어 그에게 가르침을 받았다. 그중 한 스님이 여주 목사에게 "고달사의 신도 여자아이가 세 정승을 낳을 상인데 그 배필이 이미 정해져 있습니다"라고 말했다. 이 말을 듣고 못 사는 며느리를 삼을 욕심이 생겨 그 스님의 말을 듣고 진잠 바위에서 태어난 힘이 센 장사를 죽이고 말았다. 그 소식을 전해들은 여자아이는 그 시체를 안고서 통곡하다 죽고 말았다. 원종대사가 그 광경을 보고 크게 한탄하기를 "이 장사 아이를 잘 길러서 나라를 위해서 크게 쓰려고 하였더니 이제 허사로다" 하고 수리바위에서 술을 빚고 징바위에서 징을 쳐서 장사 아이의 명복을 빌고 난 후에 여러 스님들에게 "나는 이제 이곳을 떠날 때가 되었으니 고달사에서 해마다 이 아이의 명복을 빌어 주어라" 하고 말한 후 입적하였다.
그 후부터 이 절이 어지러워지다가 화적떼가 나타나 모두 빼앗아가자 스님들이 굶어죽을 지경에 이르렀다. 이때 한 늙은 스님이 나타나 사기골에 깊이 묻혀 있는 흰 흙을 가르쳐 주어서 잠시 허기를 면하게 되었지만 결국 절은 폐사가 되고 말았다. 그 뒤 마을 사람들이 장사터(징바위) 밑에 사당을 짓고 해마다 정성을 들여 제사를 지냈으며 사냥을 나가는 포수들도 이 산신당에 제사를 지내고 사냥을 나갔다고 한다.

원종대사도 사라지고 그 산신당도 사라진 이 고달사터는 고달사 복원(?)이라는 거대한 바람이 밀려오고 한적한 폐사지를 찾았던 마음들은 또한 어디로 향할 것인가 생각하며 여정은 신륵사神勒寺로 향한다.

여주 신륵사 강월헌

이색과 나옹화상, 세종의 사연 품은 불교명찰 신륵사

태백에서부터 발원한 남한강이 흘러내리며 만든 여러 물굽이 중에서 가장 아름다운 곳 중의 하나가 신륵사 부근일 것이다. 한강의 상류인 이곳을 이 지역 사람들은 여강이라 부르는데 주변의 풍경과 그 수려함이 하도 뛰어나 예부터 시인 묵객들의 발길이 끊이질 않았다. 조선왕조 초기의 학자였던 김수온은『신륵사기神勒寺記』에서 "여주는 국도의 상류지역에 있다"라고 썼는데 김수온이 말했던 국도는 바로 충청도 충주에서부터 서울에 이르는 한강의 뱃길을 말함이었다. 신작로나 철길이 뚫리기 전까지는 경상도의 새재를 넘어온 물산이나 강원도, 충청도에서 생산된 물산들이 한강의 뱃길을 타고 서울에 닿았으므로 한강의 뱃길을 '나라의 길'로 부른 것은 올바른 것이었다. 정선 아우라지에서 띄운 뗏목이 물이 많은 장마철이면 서울까지 사흘이면 도착했다는데 1974년에 팔당댐이 생기고 충주댐이 만들어지면서 '나라의 길'이라고 일컬어지던 뱃길은 아예 사라지고 말았다.

목은 이색은 그의 시에서 "들이 펀펀하고 산이 멀다"라고 이곳 여주를 읊었고, 조선 초기의 학자 서거정은 "강의 좌우로 펼쳐진 숲과 기름진 논밭이 멀리 몇 백 리에 가득하여 벼가 잘되고 기장과 수수가 잘되고 나무하고 풀 베는 데에 적당하고 사냥하고 물고기 잡는 데 적당하며 모든 것이 다 넉넉하다"라고 하였던 것처럼 여주의 산은 야트막하고 들은 넓어서 쌀의 대명사 하면 여주, 이천 쌀이 되었을 것이다. 목계, 가홍을 지난 남한강이 점동면 삼합리에서 섬강과 청미천 즉 세 물줄기를 합하여 이곳 신륵사 부근으로 흐른다. 이중환은『택리지擇里志』에서 "웅장하거나 급하지 않고 마치 호수처럼 잔잔하다"라고 쓰고서 그 까닭을 "강의 상류에 마암과 신륵사의 바위가 있어서 그 흐름을 약하게 하는 데에 있다"고 하였는데 그 마암이 여주읍 영일루 아래에 있는 큰 바위를 가리키며 마암에 목은 이색에 얽힌 일화가 있다.

고려가 망하고 이성계가 세운 조선이 들어섰고 그 와중에 두 차례의 유배를 겪은 이색은 설상가상으로 사랑하던 아내마저 잃고 마음 붙일 곳이 없었다. 그는 방랑의 길을 떠났다. 68세가 되던 5월 그는 고향인 여강(지금의 여주)으로 갔다. 그때 그의 문생門生이 그를 찾아왔다. 그는 그 제자를 붙들고 지나간 서럽던 날들을 얘기하며 하루 종일 통곡했다고 한다. 그때 산을 내려오며 지은 시는 이러했다.

소리를 안 내려니 가슴이 답답하고

소리를 내려 하니 남의 귀 무섭구나.

이래도 아니 되고 저래도 아니 되니

에라, 산속 깊이 들어가

종일토록 울어나 볼까?

그해 가을 이색은 오대산으로 들어갔다. 그는 그토록 한 많았던 세상과 속된 인간사를 잊고자 입산하였을 것이다. 그러나 세상은 이색을 그냥 내버려두지 않았다. 태조 이성계가 그를 부른 것이다. 『태조실록太祖實錄』에는 그때의 상황이 다음과 같이 실려 있다.

> 상감께서 부르시니, 이때에 색이 왔다. 상감께서는 옛 친구의 예로써 대하고, 조용히 더불어 이야기하며 술상에 마주앉아 서로 즐겁게 마시고 떠날 때는 중문까지 나가서 배웅해주셨다.

그러나 신흠의 『명창연담明窓軟譚』에는 다음과 같이 실려 있다.

> 태조가 색을 부르니, 색이 와서 서로 만났는데 색은 읍(揖)만 하고 절은 하지 않았다. 그러나 태조는 어탑(御榻)에서 내려와 손님의 예로 대하였다. 조금 있다가 시강관(侍講官)들이 들어와 줄을 지어 앉으니, 태조는 어탑에 올랐다. 이때 색은 뻣뻣이 일어나면서 "늙은 사람 앉을 자리는 없구나" 하고 나갔다.

누구의 말이 맞는지는 모르는 일이나, 이 일이 있은 다음해 이색은 이곳 여강에서 이성계가 보냈다는 술 한 잔을 마시고 그 배 위에서 그만 세상을 하직하고 말았다.

여주군 북내면 천송리 봉미산 기슭에 위치한 이 절은 신라 진평왕 때에 원화 스님이 창건했다고 하지만 정확한 기록은 남아 있지 않다. 신륵사가 유명해진 것은 고려 말의 고승 나옹선사가 이 절에서 열반에 들었기 때문이었다. 양주 회암사에서 설법하던 나옹선사는 왕명에 의하여 병이 깊었는데도 불구하고 밀양의 형원사로 내려가던 중 이 곳에서 입적하게 되었다. 그때의 일을 이색은 이렇게 기록하였다.

> ……. 이날 진시에 고요히 세상을 떠났다. 고을 사람들이 바라보니 오색구름이 산마루를 덮었다. 화장을 하고 유골을 씻고 있는데 구름도 없는 날씨에 사방 수백 보 안에 비가 내렸다. 이에 사리 1백 55과를 얻었다. 신령스런 광채가 8일 동안이나 나더니 없어졌다…….

퇴락해 가던 신륵사를 대대적으로 중창불사하게 된 것은 그러한 연유 때문이었고 신륵사의 절 이름에 얽힌 유래 두 가지는 이렇다.

고려 고종 때 건너편 마을에서 용마가 자주 나타났는데 매우 거칠고 사나워 누구도 다룰 수가 없었다. 그때 이 절의 인당대사가 나서서 고삐를 잡으니 말이 순해졌다는 설이 하나이고 또 다른 전설로는 미륵 혹은 나옹선사가 이 사나운 용마에게 굴레를 씌워 용마를 길들였다는 전설이다.

또한 이 절은 고려 때부터 벽절이라고 불렸는데 이 절 동쪽의 바위 위에 탑 전체를 벽돌로 쌓아올린 다층전탑이 있기 때문이었다. 나옹선사가 입적한 3개월 후 절의 북쪽 언덕에 진골사리를 봉안한 부도를 세우는 한편 대대적인 중창이 이루어졌다. 그러나 조선시대에 숭유억불정책에 따라 이 절 또한 사세가 크게 위축되었다가 크게 중창된 시기가 광주의 대모산에 있던 세종대왕을 모신 영릉이 인근에 있는 능서면 왕대리로 이전해 오면서부터였다. 세종의 깊었던 불심을 헤아려 왕실에서는 신륵사를 원찰로 삼았고 절 이름도 잠시 보은사로 고쳐 부르게 되었다. 그 뒤 이 절은 사대부들이 풍류를 즐기는 장소로 전락되었다. 임진, 정유재란 때 전소되면서 그때에 지어진 건축물로는 드물게 대들보가 없는 조사당만 남아 있다. 그 뒤 현종 12년에 계헌이 중건하면서 오늘날 신륵사의 면모를 갖추게 되었다.

다층전탑, 대장각, 구룡루, 석등이 빚은 고색창연한 신륵사의 자취

『동국여지승람東國輿地勝覽』에서 여강 언저리에 내려앉는 기러기, 청심루에서 바라본 달, 포구로 돌아오는 돛단배, 학동의 저녁 연기, 신륵사의 종소리, 마암 아래에 떠있는 고깃배의 등불, 두 영릉의 신록, 팔대수의 우거진 숲을 여주의 여덟 경치로 노래했다. 그러나 물이 불어 기러기는 만날 수 없고 신륵사에 종소리로 들려오지 않았다.

강월헌에서 바라보면 날렵하게 솟아 있는 신륵사 다층전탑[보물 제226호]은 완성된 형태로 남아 있는 국내 유일의 전탑이다. 탑이 대개 경내 중심부에 있

보물 제226호 | 여주 신륵사 다층전탑 驪州 神勒寺 多層塼塔

는 것과는 달리 이 전탑은 금당의 본존불과는 무관하게 남한강과 그 건너 드넓은 평야를 바라보고 있다. 이러한 탑이 유행하기 시작한 것은 신라 말기 무렵이었고 도선국사가 활동하던 시대였다. 그래서 풍수지리상 허한 곳을 보補하고 지기를 원활하게 하는 방법으로 조성되었을 것이라는 것이 설득력이 있다.

보물 제230호 | 여주 신륵사 대장각기비 驪州 神勒寺 大藏閣記碑

전탑 위쪽에 대장각기비[보물 제230호]가 있다. 신륵사에 있던 대장각의 조성에 따른 사창을 기록한 것으로서 목은 이색 집안의 애달픈 사연이 어려 있다.
목은의 부친 이곡이 그 부친이 세상을 떠났을 때 명복을 빌기 위해 대장경을 만들기로 했으나 미처 이루지 못하고 세상을 달리하자 이색이 그 소원을 이루었다고 한다. 대장각기비문은 이숭인이 짓고 권주가 해서체로 썼다.
절 마당에 들어서면 구룡루가 있다. 나옹선사가 아홉 마리의 용에게 항복을 받고 그들을 제도하기 위해 지었다는 전설의 누각인 구룡루를 돌아가면 아미타불을 모신 극락보전[경기도 유형문화재 제128호]이 있다. 극락보전 안에는 목조불상[보물 제1791호]이 모셔져 있다.

대웅보전 앞 다층석탑 앞에는 절을 찾은 사람들이 탑을 바라보고 있다. 높이 3m의 다층석탑[보물 제225호]은 특이하게 흰 대리석으로 만들어졌다. 상층

경기도 유형문화재 제128호 | 신륵사극락보전 神勒寺極樂寶殿

보물 제1791호 | 여주 신륵사 목조아미타여래삼존상 驪州 神勒寺 木造阿彌陀如來三尊像

기단의 면석에는 신라나 고려의 석탑에서는 찾아볼 수 없는 비룡문과 연화문, 그리고 물결무늬와 구름무늬의 조각들이 빼어난 조각 솜씨를 자랑하듯 새겨져 있다. 이 석탑은 여러 가지 정황으로 보아 성종 3년 이후에 조성되었을 것이라고 여겨진다.

보물 제225호 | 여주 신륵사 다층석탑 驪州 神勒寺 多層石塔

대웅보전 좌측으로 돌아가면 나옹스님이 심었다고 전해지는 향나무 앞에 신륵사 조사당[보물 제180호]이 서 있다. 대들보가 없는 팔각지붕에 정면 1칸 측면 2칸의 자그마하면서도 예

보물 제180호 | 여주 신륵사 조사당 驪州 神勒寺 祖師堂

보물 제228호 | 여주 신륵사 보제존자석종 驪州 神勒寺 普濟尊者石鍾

보물 제229호 | 여주 신륵사 보제존자석종비 驪州 神勒寺 普濟尊者石鍾碑

쁜 건물이다. 정면에는 여섯 짝의 띠살 창호를 달고 양 측면과 후면은 모두 벽체로 마감하였다. 이 조사당은 신륵사에서 가장 오래된 건물이기도 하지만 조선 태조가 그의 스승 무학대사를 추모하기 위해 지었다는 설이 남아 있다.

조사당 뒤편으로 난 계단을 따라 올라가면 나옹선사 석종부도[보물 제228호]와 부도비, 그리고 석등을 만나게 된다. 언덕 일대가 나라 안에 유명한 명당이라는 설도 있지만 그보다 나옹선사를 추모했던 수많은 제자들이 지극한 공력으로 만든 부도라는 것을 한눈에 알아볼 수 있다. 부도의 전형적인 양식인 팔각원당 형에서 벗어나 새롭게 변모된 고려시대 양식으로 조성된 나옹선사 부도는 고려 우왕 3년에 만들었다. 종을 닮았다고 해서 석종부도라고 불리는 이 부도는 통도사의 금강 계단처럼 높은 기단을 만들고서 그 위에 세웠으며 금산사의 석종보다 더 간소화한 형태로 만들어졌고 그 옆에는 석종비[보물 제229호]가 서 있다. 우왕 5년(1397)에 건립된 이 비는 이색이 짓고 한수가 글씨를 썼다.

보물 제231호 | 여주 신륵사 보제존자석종 앞 석등 驪州 神勒寺 普濟尊者石鍾 앞 石燈

석종부도 앞에는 아름다운 석등[보물 제231호] 한 기가 있다. 부도의 주인에게 등불공양을 올리는 공양구이며 부도를 장엄하게 하기 위해 조성된 이 비의 키는 194cm이다. 화강석으로 만들어진 이 석등에 유달리 화사석만 납석을 써서 은은한 아름다움을 표현하였다. 화사석 팔면의 각 면마다 돌출된 원기둥에 살아있는 듯한 용을 조각하였고 화두창 넓은 간지에는 비천상을 새겼다. 전체적인 면에서 자그마하지만 화려한 장식이 돋보이는 고려 말의 귀중한 문화유산인 이 석등에 불 꺼진 지 이미 오래고, 신륵사에 불 켜질 시간은 아직 이르지만 고달사에서부터 시작한 여정은 막을 내린다.

통일신라시대 불교문화를 대표하는 충남의 명찰

충청남도 공주 동학사, 갑사

동학사 길목에 들어선다. 비 내린 뒤끝이라 나무숲 울창한 길은 눅눅하고 산봉우리들은 구름을 머금었다.
계룡산 특유의 산세에 대해 서거정은 다음과 같이 읊었다.

> 계룡산 높이 솟아 층층이 푸름 꽂고/맑은 기운 굽이굽이 장백에서 뻗어왔네/산에는 물 웅덩이 용이 서리고/산에는 구름 있어 만물을 적시도다/내 일찍이 이 산에 노닐고자 하였음은/신령한 기운이 다른 산과 다름이라/때마침 장마 비가 천하를 적시나니 용은 구름 부리고 구름은 용을 쫓는도다.

공주시 반포면 학봉리 계룡산 동북쪽 기슭에 위치한 동학사는 724년(성덕왕 2년)에 상원이 암자를 지었던 곳에 회의가 절을 창건하면서 상원사라 하였고 921년에 도선이 중창한 뒤 고려 태조 왕건의 원당 사찰이 되었다. 936

계룡산 동학사 대웅전

년 신라가 망하자 대승관 유차단이 이 절에 와서 신라의 시조와 충신 박제상의 초혼제를 지내기 위해 동학사를 짓고 사찰을 확장한 뒤 절 이름을 동학사로 바꾸었다. 그러나 절 이름이 동학사로 지어진 것에 대한 또 다른 이야기는 절의 동쪽에 학 모양의 바위가 있으므로 동학사라고 하였다는 설과 고려의 충신이며 학자였던 정몽주가 이 절에 제향하였으므로 동학사東學寺라고 하였다는 설이 있다.

1394년에는 고려 말의 학자 야은 길재가 동학사의 스님이었던 운선과 함께 단을 쌓은 뒤 고려 태조를 비롯한 충정왕, 공민왕의 초혼제를 올렸으며 정몽주의 제사를 지냈고, 1399년에는 고려 유신 유방택이 이 절에 와서 정몽주, 이색, 길재 등 3은의 초혼제를 지냈다. 그 다음해에는 공주목사 이정간이 이곳에 와서 단의 이름을 삼은각이라 명명하였고, 세조 때의 문신 매월당梅月堂 김시습金時習은 이곳에 와서 사육신들의 초혼제를 올렸다.

초혼제를 지낸 김시습

세조는 동학사에 초혼각招魂閣을 짓게 하였고, 인신과 토지 등을 내렸고, 동학사라고 사액한 다음 승려와 유생들이 함께 제사를 받들게 하였다. 그러나 1728년 신천영의 난으로 절과 초혼각이 불에 타 소실되었으며 1864년에야 금강산에 있던 보신이 옛집을 모두 헐고 초혼각 2칸을 지었으나 1904년에 초혼각은 숙모전으로 개창되었다.

절에 들어서자 먼저 눈에 띄는 것이 계곡 건너편 채마밭에서 비구니 스님들이 밭을 매는 모습이었다.

숙종 때의 학자였던 남하정은 『동소집桐巢集』에서 "아침에 동학사를 찾았다. 동학사는 북쪽 기슭에 있는 옛 절인데 양쪽 봉우리에 바위가 층층으로 뛰어나고 산이 깊어 골짜기가 많으며 소나무와 단풍나무와 칠절 목이 많았다. 지금은 절이 절반쯤 무너지고 중이 6,7인 뿐인데 그나마 몹시 용련해서 옛일을 이야기할 만한 자가 없다"라고 기록했지만 지금은 좁은 터에 대웅전, 무량수각, 대방, 삼은각, 육모전, 범종각, 동학강원이 들어서서 남하정이 다시 살아온다면 그 규모에 사뭇 놀랄 것이다.
그뿐인가. 이 동학사에는 동학강원이 있어 청도 운문사의 강원과 함께 우리나라의 대표적인 비구니 수련도량이 되어 있다. 1700년 이곳을 찾았던 송상기는 동학사 문루에 앉아서 이곳의 풍경을 이렇게 기록하였다.

> 처음 골짜기 어귀로 들어서자 한 줄기 시내가 바위와 숲 사이로부터 쏟아져 나오는데, 때로는 거세게 부딪쳐 가볍게 내뿜고 때로는 낮게 깔려 졸졸 흐른다. 물빛이 푸르러 허공 같고 바위 빛도 푸르고 해쓱하여 사랑할 만하다. 좌우로 단풍과 푸르른 솔이 점을 찍은 것처럼 띄엄띄엄 흩어져 있어 마치 그림과 같다. 절에 들어서는데 계룡의 산봉우리들이 땅을 뽑은 양 가득하고 빽빽하게 들어서서 [illegible] 쑥 솟아서 때로는 짐승이 웅크린 듯 때로는 사람이 서 있는 듯하다.

이 절은 모두 다 불타고 새로 지어졌기 때문에 눈여겨볼 문화유산이 없다는 것이 흠이라면 흠일 것이다. 하지만 이 절에는 전주사람인 창암 이삼만이 쓴 동학사 현판이 남아 있다.

남매탑(오뉘탑)으로 가는 길은 가파르고

남매탑(오뉘탑)으로 가는 길은 극락교로 가기 전에 오른쪽으로 난 가파른 계단 길이다. 문득 "높은 곳에 오르려면 반드시 낮은 데에서부터 시작할 수밖에 없다"는 논어의 한 구절이 생각난다.

산길에는 넓적한 돌들이 깔려있으며, 나무숲은 울창하다. 따라오던 계곡의 물소리가 사라지면서 잔잔한 바람이 분다. 잠시 머물러 서서 지나온 길을 내

보물 제1284호 | 공주 청량사지 오층석탑 公州 淸凉寺址 五層石塔(좌)
보물 제1285호 | 공주 청량사지 칠층석탑 公州 淸凉寺址 七層石塔(우). 남매탑(오뉘탑)이라고도 불리운다.

려다본다. 어지러운 돌계단 사이로 흔들리는 가녀린 나뭇잎 그리고 나뭇잎 사이를 헤집고 내려앉은 여름 햇살이 형형색색의 모자이크처럼 바윗돌 사이로 어지럽게 퍼지고 곧이어 작은 폭포가 나타난다. 폭포에서부터 20~30분쯤 오르자 널찍한 터에 남매탑이 보인다. 옛 청량사 터에 세워진 두 개의 탑 중 7층탑을 오래비탑[보물 제1285호], 5층탑[보물 제1284호]을 누이탑이라고 부른다. 이 탑들에 다음과 같은 전설이 서려 있다.

이 근처의 토굴에서 도를 닦던 백제 왕족 하나가 이곳에 와서 도를 닦고 있을 때 어느 겨울밤 목구멍에 가시가 걸린 호랑이를 구해 주었다. 호랑이는 그 보답으로 한 여자를 물어다 놓고 사라져 버렸다. 그는 여자를 지극히 간호하여 살렸지만 상주에 살고 있던 여자가 혼례를 치르고 신방에 들기 전에 호랑이에게 물려왔다는 것이다. 왕족은 여자를 이튿날에 데려다 주고자 했으나 밤새 눈이 많이 내려 하는 수 없이 한겨울을 날 수밖에 없었다. 그는 밤마다 일어나는 욕망을 좌선과 염불로 잠재우고 아무 일 없이 한겨울을 보냈다. 이듬해 봄에 약속대로 그 여자를 고향에 데려다 주었으나, 그 부모가 딸을 다른 데로 시집보낼 수 없다 하여 왕족은 하는 수 없이 의남매를 맺고서 함께 수도하여 훌륭한 스님이 되어 입적했다. 뒤에 그 제자들이 그들의 불심을 기려 나란히 탑을 세우고 이를 남매탑으로 불렀다. 그러나 5층석탑은 백제 탑 양식으로 보이고 7층석탑은 그보다 훨씬 뒤의 것으로 보여 위에 언급한 전설과 탑의 관계를 의심하는 사람들도 있다.

계곡의 물은 쪽빛처럼 푸르고

계룡산은 예로부터 계람산, 옹산, 서악, 중악, 계악 등 여러 가지 이름으로 불렸고, 통일신라 이후에는 신라 5악 중의 서악이었다. 조선시대에는 묘향산의 상악단, 지리산의 하악단과 함께 이 산에 중악단을 설치해 봄가을에 산신제를 올렸다. 또한 계룡산이라는 이름을 계곡의 물이 쪽빛처럼 푸른 데서 연유한 것이라는 말도 있는데, 계룡산은 예로부터 우리나라의 4대 명산, 4대 진산으로 일컬어왔다.

천황봉에서 삼불봉까지의 산세가 닭 벼슬을 쓴 용의 모양이어서 계룡이라는 이름이 붙었다는 이 산에도 팔경이 있다. 연천봉의 낙조와 관음봉의 한가로운 구름, 천황봉의 일출, 장군봉 쪽의 겹겹이 포개진 능선 그리고 세 부처

충청남도 문화재자료 제68호 | 천진보탑 天眞寶塔

님을 닮았다는 삼불봉의 설화, 오뉘탑의 달, 동학사 계곡의 신록, 갑사 계곡의 단풍이 어우러진 계룡산은 풍수지리상으로도 대단한 명산으로 일컬어져 왔다. 일찍이 태조 이성계가 이 산기슭에 도읍을 청하고자 하였고 그 뒤에는 정감록이라는 금서비기가 나왔다.

정여립을 비롯한 조선의 혁명가들은 『정감록鄭鑑錄』을 적극적으로 이용하였다. 그것은 감결에서 "이심이……. 산천의 뭉친 정기가 계룡산에 들어가니 정씨 8백년의 땅이다"라고 하여 "한양에 도읍한 이조 뒤에는 계룡사에 도읍한 정씨 왕조 8백년의 시대가 온다"는 것이었다. 이어서 정공은 "계룡개국에 변卞씨 재상에 배씨 장수가 개국원훈이고 방씨와 우씨가 수족과 같으리라" 하여 개국까지의 상황을 내다본 것이라고 한다.

계룡산 신도 안에는 그러한 정감록사상과 변혁사상에 힘입어 수많은 종교사상가들이 들어와 자리를 잡았고 1970년대의 정화작업이 있기 전까지 종교단체의 수가 1백여 개에 이르렀다.

삼불 고개부터는 내리막길이다. 고향집을 찾아가는 고갯길 같은 길은 400여 미터쯤 내려갔을까. 금잔디 고개에 닿는다. 헬기장이 설치되어 있는 이곳은 쉼터가 조성되어 있고 나무 숲 사이로 멀리 푸르른 벌판이 나타난다.
우거진 나무 숲길을 걸어서 신흥암에 닿았다. 신흥암은 중창불사가 한창이었으며 그 뒤에 천진보탑[충청남도 문화재자료 제68호]이 서 있다. 석가모니가 입적한 400년 만에 중인도의 아육왕이 구시나국에 있는 사리모탑에서 부처의 사리를 발견하여 서방 세계에 분포할 때 비사문천왕을 보내어 계룡산에 있는 이 천연적인 석탑 속에 봉안하여 두었다고 한다.
이 석탑을 백제 구이신왕 때 발견하여 천진보탑이라고 하였고 그 뒤편에 솟아 있는 수정같이 고운 수정봉은 갑사구곡의 하나이다.

개울물 소리를 벗 삼아 미륵골을 20여 분 내려왔을까, 용문폭포가 나타났다. 연천봉 북서쪽 골짜기의 물이 합하여 이곳으로 흘러 폭포를 이루었는데 높이가 10여 미터쯤 되는 용문폭포는 장마철이라서 그 물줄기가 장대하다. 폭포 옆에 있는 큰 바위굴이 있고 그 속에서 떨어지는 감로수가 등산객의 갈증을 풀어주기도 한다. 다시 15분쯤 걸어가자 목탁소리 들리고 갑사에 닿는다.

갑사甲寺는 공주시 계룡면 중장리에 위치한 절로서 화엄종의 10대 사찰 중 하나이다. 420년(구이신왕 1년) 고구려의 승려 아도화상이 창건하였고 그 뒤에 신라의 의상대사가 고쳐 지었다는 이 절은 조선 선조 때 정유재란으로 불

국보 제298호 | 갑사삼신불괘불탱 甲寺三身佛掛佛幀

타버렸고 같은 해에 인조가 다시 세웠다.

갑사에는 대웅전, 강단, 대적전, 천불전 같은 절 건물들과 암자들이 열 채쯤 들어서 있는데 원래의 갑사는 지금의 대웅전이 서 있는 자리가 아니라 개울 건너 대적전 근처에 있었다고 한다. 이 절에는 나라 안에 칠장사와 청주 용두사지에만 있는 철당간지주가 그대로 남아 있다. 그리고 구리로 만든 종과 『월인석보月印釋譜』의 판목이 있고 삼신불괘불탱[국보 제298호] 그리고 약사여래 돌 입상, 부도탑 등의 지방문화재들이 있다.

갑사는 '봄 마곡 추 갑사'로 불릴 만큼 가을 경치가 뛰어나서 아름답지만 굳이 가을이 아니어도 갑사는 그윽하게 우거진 나무숲들로 하여 찾는 이들의 감탄사를 자아내는 절이다.

갑사에는 당간지주가 있다

계단을 올라가 첫 번째 만나는 건물이 조선 후기에 지어진 갑사강당[충청남도 유형문화재 제95호]이다. 갑사강당은 앞면 3칸에 옆면 3칸의 다포식 안판 2출목이며 지붕은 맞배지붕이다. 강당의 정면에 대웅전[충청남도 유형문화재 제105호]이 있다. 이 대웅전은 1.8미터의 화강암 기단을 쌓고 그 위에 덤벙주초[26]를 놓았다. 앞면 5칸에 옆면 3칸의 규모로 맞배지붕의 다포집이다.

---

26) 둥글넓적한 자연석을 다듬지 아니하고 놓은 주춧돌.

충청남도 유형문화재 제95호 | 갑사강당 甲寺講堂

충청남도 유형문화재 제105호 | 갑사대웅전 甲寺大雄殿

보물 제478호 | 갑사 동종 甲寺 銅鐘

보물 제257호 | 공주 갑사 승탑 公州 甲寺 僧塔

이 절에는 조선 1584년 선조 때 국왕의 성수를 축원하는 기복도량인 갑사에 다른 목적으로 만든 동종[보물 제478호]이 있다. 높이 131센티미터에 입 지름이 91센티미터인 이 종은 신라 종과 고려 종을 계승하고 있으며 조선시대 전반의 동종의 양식을 볼 수 있는 대표적 작품이다.

동종을 보고 다리를 건너면 아름다운 갑사 대적전이 있고 그 앞에 갑

보물 제256호 | 공주 갑사 철당간 公州 甲寺 鐵幢竿

사 부도[보물 제257호]를 만난다. 부도의 모습은 일반적인 팔각원당형으로, 기단부는 특이한 수법을 보여주고 있다. 즉 8각의 높직한 지대석 위에 3층으로 구분되는 지대석이 놓였는데 기단의 사자조각은 매우 입체적으로 조각되어 있다. 그 위로는 꿈틀거리는 구름무늬 조각 위에 천인들이 악기를 타고 있다. 이 부도는 고려시대의 부도들 중에서도 우수작으로 손꼽을 만하며 조각 내용들이 다채롭기 이를 데 없다.

부도에서 대나무 숲 우거진 길을 내려오면 갑사 당간지주[보물 제256호]와 만난다. 이 당간지주는 원래 28개의 철통이 이어져 있었는데 조선조 말 고종 30년(1893년) 벼락을 맞아 4개가 부러져 24개만 남아 있다. 이 철당간지주는 그 조각 수법으로 보아 통일신라 중기였던 문무왕 20년(680년)에 건립되었을 것이라고 하지만 기록은 없다.

선종 대가람으로 이름 높은 전북의 대표 사찰

전라북도 완주 봉서사, 송광사, 위봉사

겨울 봉서사에 햇살이 눈부시다. 대웅전 뒤편의 산들은 헐벗었고 산 뒤편의 하늘은 눈이 부시게 푸르다. 전라북도 완주군 용진면 윤중리 종남산과 봉서산 사이에 위치한 이 절은 대한불교 조계종 17교구 본사인 금산사의 말사로서 727년(신라 성덕왕 26년)에 창건하였다고 한다. 고려 공민왕 때 나옹 스님이 중창하였고 조선시대 선조 때에 진묵 스님이 중창한 후 이곳에 머물렀다. 그는 이 절에서 전국 승려 대조사로서 사람들로부터 추앙을 받으면서 중생들을 교화하였는데 그에 관한 일화들은 전라도 일대와 충청도 일대에 널리 퍼져 있다.

1945년 전까지만 해도 봉서사는 이 지역에서는 제법 큰 규모를 자랑하던 절집이었으나 6.25때 대웅전, 관음전, 칠성각, 동루, 서전, 일주문, 상운암 등의 건물들이 완전히 소실되어 폐사가 되었다. 1963년에야 호산 스님이 대웅전

완주 봉서사

과 요사채를 중건하였고 1975년에 삼성각과 진무전을 신축하였다. 근래 들어 여러 건물들과 부도전 및 약수터가 새롭게 단장되고 있다.

이 절에는 진묵대사의 해인사 대장경에 얽힌 설화가 전해진다. 이 절에서 수도하던 진묵 스님은 자주 해인사를 내왕하면서 대장경을 모두 암송하였다고 한다. 어느 날 급히 진묵 스님이 제자를 데리고 해인사를 갔다. 그날 밤 대장경각 옆에서 불이 나 도저히 끌 수 없게 번져갔다. 이때 진묵이 솔잎에 물을 적셔 불길이 번지는 곳에 몇 번 뿌리자 갑자기 폭우가 내려 불길을 잡음으로써 대장경 판이 위기를 모면했다는 것이다. 이렇듯 진묵 스님의 흔적이 많이 남아 있는 봉서사도 개발 바람에는 예외가 아니다. 그러다 보니 언제부터인지 산속에 있는 절들이 사세를 키우는 데 열중이다.

우리의 옛 사람들은 산을 숭배하였는데, 산을 숭배하는 것은 중앙정부만이 아니었다. 전국 500여 고을마다 주산主山이나 진산鎭山을 정하여 제사를 지냈고, 명산名山에 대천단大川壇을 두어 제사를 올리며 고을과 나라의 번성을 기원하였다. 그래서 서양 사람들은 "산을 정복한다"고 말하면서 산을 오르지만 우리 선조들은 "산으로 들어간다"고 하였다.

일찍이 육당 최남선은 그의 강연집 『조선朝鮮의 산수山水』에서 "한민족의 생활에 있어서 그 국토를 존경하는 감정은 심이 소중한 것이다"라고 말하였다. 또한 "국토를 존경하는 태도가 신앙적 종교적으로까지 되야 비로소 든든하다"고 한 다음에 "옛날 우리 조상네들은 신앙적으로 높은 성산聖山에 들어갈 때는 대소변을 받아 가지고 나올 그릇을 가지고 가서 행여나 신성한 산을 더럽힐까 조심하고 또 산중에서도 소중하다고 생각하는 곳에 이르러서는 큰 소리로 지껄이지도 않고 마구 몸을 가지지도 아니하여 행여나 산신령을 성나게 할까 봐 극진히 조심하였다. 그러므로 우리네 말에는 소중한 산이라 감히 '오른다' 하지 않고 반드시 '산에 든다'고 한다. 산악山嶽과 산천강해山川江海를 통해서 그네의 국토를 대하여 그네들이 이렇게 겸허하고 엄숙한 마음을 가지는 것을 나는 그네의 총명예지로서 못내 탄복한다"라고 말하였다.

모악산 너머로 아스라이 송광사의 모습이 드러나고

물맛이 좋기로 소문난 봉서사에서 물 한 모금 마시고 산 길로 접어든다. 그러나 몇 년 전과 너무 낯설다. 눈여겨보니 울창하게 우거져 있던 굴참나무 군락

완주 송광사 전경

들이 사라져버렸다. 기계음 소리마저 귓전에서 갈수록 멀어지고 능선 길에서 정상까지는 그다지 멀지 않다.

서방산 정상에 선다. 바람은 흡사 봄바람처럼 불고 한 꺼풀 옷을 벗는다. 겨울 들판은 짙누렇고, 그 벌판 가운데로 파란 물길이 흐른다. 만경강이다. 만덕산에서부터 비롯된 소양천과 운장산에서부터 발원한 고산천이 봉동, 소양을 지나 마그내에서 합류하여 한내가 되고, 그 한내는 만경강으로 흘러간다. 바라보면 온전한 땅이라는 전주는 거대한 아파트 숲속에 둘러싸여 한 치의 여미도 안 보인다. 그 너머 모악산은 조선소의 잔등처럼 길게 누워 있다. 산과 산이 끝나는 곳에서 시작되는 저 평야 바로 앞의 한내에는 완산 팔경의 하나인 대천파설과 비비낙안이 있었다. 한여름에 눈빛같이 시원하게 부서져 내리는 물결과 가을 달밤에 갈대꽃이 핀 모래벌에 기러기 떼가 사뿐히 내려앉았었는데 지금의 한내는 이미 옛 풍광은 사라지고 없다. 사라졌다가 다시 세워진 강둑의 머리바위에 있던 비비정에 올라 굽어 내려다보면 배꽃같이 날려 천 쪽 만 쪽 부서져 내리던 달빛의 정경은 너무도 아름다웠고, 저녁이면 모랫벌을 끼고 고기잡이 불을 밝힌 채 참게를 잡던 풍경은 한 폭의 산수화였는데 그것 또한 이미 옛일이다.

손에 잡힐 듯한 미륵산을 바라보고 천호산 건너 선명하게 부각되는 계룡산을 지나 대둔산으로 시선을 옮긴다. 떨어진 나뭇잎들이 바스락거리며 뒤를 따라온다. 맑은 날씨에 먼 산이 아주 가깝게 보이고 짙푸른 산죽 밭이 연달아 난 길을 걸어 정상 부근에 접어들자 음지인 탓에 길들에 서릿발이 서리고 하얀 잡목들이 우뚝우뚝 서 있다. 마지막임을 알리는 걸까. 길은 가파르다. 맑은 햇살이 눈을 어지럽히고 정상에 올라 바위 위에 앉는다. 산 저편에 구불구불한 위봉재가 보이고 고갯마루에 위봉산성은 띠를 두른 듯 연이어 있고 그 너머에 산들은 겹겹이 포개져 있으며 푸른 하늘은 검푸르다. 내려가는 산 길은 다른 산에 비해 지루하다. 오르면서 흐른 땀은 어느새 식었고 먼발치로 송광사가 자리 잡은 대흥리가 보인다.

송광사라고 얘기하면 누구나 전라남도 순천에 있는 조계산 송광사를 떠올리고 낙안읍성과 선암사를 들먹인다. 그러면서 전주 인근에 이름이 같은 송광사가 있다고 하면 대개의 사람들은 그런 절도 있었느냐고 반문한다. 도시 근교에 있으면서 금산사나 선운사 또는 내소사와 실상사에 가려 그윽히 숨어있는 절 송광사는 전주에서 진안 가는 길 옆 완주군 소양면 대흥리 종남산 아래에 있다.

신라 경문왕 7년 도의선사가 창건하였다고 하고 그 뒤 폐허가 되었던 것을 고려 중기의 고승 보조선사가 다시 세웠다고 하는데 송광사의 내력을 기록한 〈송광사 개창비松廣寺 開創碑〉에는 이러한 내용이 쓰여 있다.

> 옛날 고려의 보조국사가 전주의 종남산을 지나다가 한 신령스런 샘물을 마시고는 기이하게 여겨서 장차 절을 짓고자 하였다. 마침내 사방에 돌을 쌓아 메워두고 승평부(지금의 순천시)의 조계산 골짜기로 옮겨가 송광사를 짓고 머물렀다. 뒷날 의발을 전하면서 그 문도들에게 이르기를 "종남산의 돌을 메워둔 곳은 후일 반드시 덕이 높은 스님이 도량을 열어 길이 번창하는 터전이 되리라 했다" 그러나 수백 년이 지나도록 도량이 열리지 못했으니 실로 기다리는 바가 있기 때문이었으리라. 응호, 승명, 운정, 덕림, 득순, 홍신 스님 등이 서로 마음으로 맹세하되, 보조 스님의 뜻을 이루고자 정성을 다해 오연하니 뭇사람들이 그림자 좇듯 하였다. 이에 천계(天啓) 임술년(1622) 터를 보고 방위를 가려 땅을 가르고 풀과 나무를 베어내며 산과 바위를 깎아 가람을 이룩하였다.

이 기록으로 짐작컨대 절은 신라 때 창건된 것이 아니고 조선 초기에 창건된 것을 알 수 있다. 그러나 또 다른 이야기로는 보조국사가 이 절을 창건한 것이 아니라 고려 때의 지눌이 창건했다고 한다. 그 뒤의 이야기는 전해지지 않고 광해군 14년 운전, 승령, 덕림 등이 전주에 사는 이극용의 희사로 절을 중창하고 벽암대사를 초청하여 50일 동안 화엄법회를 열었는데 그때 전국에서 수천 명이 모여들어 시주를 하였으므로 인조 14년(1636)에 이르기까지 큰 공사를 벌려서 대가람을 이룩하였고 인조 임금으로부터 선종 대가람이라는 시호를 받았다는 설도 있다.

흙으로 빚은 조선 최대의 사천왕상

그 당시 대웅전은 부여 무량사의 대웅전처럼 이층 건물이었고 일주문은 남쪽 3km, 만수교 앞 나들이라는 곳에 설치되었었다고 한다. 그 뒤의 절의 유래는 전해지지 않고 남아 있는 절 건물은 철종 8년에 지어진 대웅전[보물 제1243호]과 천왕문, 십자각이라고 부르고 있는 송광사 종루[보물 제1244호]와 더불어 명부전, 응진전, 약사전, 관음전, 칠성각, 금강문, 일주문 등이 있다.

눈앞에 나타나는 일주문은 통도사나 가까운 변산 개암사의 육중한 기둥들과는 달리 가냘프기 짝이 없어 "지붕이 하늘에 떠있는 듯하다"는 말이 실감이 난다. 금강문을 넘어서면 사천왕문에 이른다. 흙으로 빚어 만든 이 사천왕상[보물 제1255호]은 4m가 넘는 거대한 것이지만 사람들에게 주목을 받는 이유는 광목천왕이 쓰고 있는 보관의 뒷면 끝자락에 '순치 기축 육년 칠월 일필'이라는 먹 글씨가 남아 있어 1649년에 이 사천왕상을 만들었음을 알 수 있기 때문이다. 이 송광사 사천왕상 때문에 조선시대에 만들어졌던 소조사천왕상의 기준을 얻게 된 것이다.

소설가 최명희는 대하소설 『혼불』에서 송광사 사천왕을 도환의 입을 빌려서

보물 제1243호 | 완주 송광사 대웅전 完州 松廣寺 大雄殿

보물 제1244호 | 완주 송광사 종루 完州 松廣寺 鐘樓

다음과 같이 묘사했다.

> 과문한 탓인지 모르겠으나, 소승이 보기에는 완주 송광사 사천왕이, 흙으로 빚은 조선 사천왕 가운데 가장 빼어난 조형으로서, 높이 삼십 척의 위용도 웅장하고, 그 신체 각 부위 균형이며, 전체 조화가 놀랍도록 알맞게 어우러져 큰 안정을 이루고 있었습니다.

보물 제1255호 | 완주 송광사 소조사천왕상 完州 松廣寺 塑造四天王像

천왕문을 지나면 넓다란 뜰이 나타나고 그 너머에 대웅전이 우람한 실체를 드러낸다. 정면 5칸 측면 3칸의 겹처마 팔작지붕 다포계 건물인 이 대웅전은 절이 창건될 당시 지어졌고 1857년 중건되었다. 대웅전 천장 가운데 3칸은 우물반자를 치고 나머지는 경사진 빗천장은 꾸몄다. 불상 위 선상에는 운궁형 보개를 씌웠고 우물천장에는 칸마다 돌출된 용, 하늘을 나는 동자, 반자틀에 붙인 게, 거북, 자라 등 여러 물고기 등이 장식되어 있다. 자세히 보면 꼬리에 꼬리를 물고 어딘가를 향해 바쁘게 가는 자라와 새끼를 등에 업고 네 활개를 치는 거북이 보인다.

그보다 더 눈에 띄는 것은 빗천장에 천장화로 그려진 비천도일 것이고, 그것을 전문가들은 송광사가 민중예술을 끌어안았던 사찰이었음을 입증하는 것이라고 보고 있다. 이 벽화들은 천상계에 있으며 춤사위와 악기를 연주하

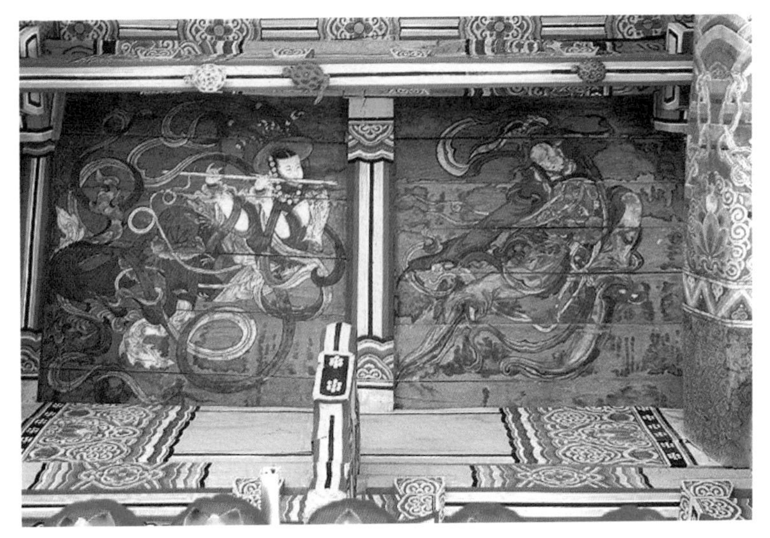

완주 송광사 주악비천도

는 형태의 민화풍의 불화이다. 대다수의 사찰들이 '주악비천도'는 1, 2점이 그려져 있지만 이처럼 11점이 대웅전 천장에 그려져 있는 경우는 아직 발견되지 않았다.

대웅전 천장에서 부처님께 춤사위와 음악으로 공양을 올리는 듯한 형태의 주악비천도는 다음의 11가지 주제로 아름답게 천장을 장식하고 있다. 그 각각의 모습을 형용해보면 곱게 가르마를 탄 단정한 머리 모양새와 화려한 복장을 한 여인네가 빗 끈 횡적을 연주하며 하늘을 나는 그림인 '비천횡적주악도'를 시작으로 머리는 비스듬하게 기울인 채 오른손으로 악기의 목 부분을 잡고 현을 튕기며 당비파를 연주하는 '비천당비파주악도', 매우 역동적으로 박력 있게 춤을 추며 날아가는 모습인 '비천비상무', 전립 같은 모자를 쓴 무당처럼 보이는 여인네가 장구의 허리부분을 가볍게 거머쥐고 춤추는 그림

완주 송광사 비천도들

인 '비천장고무', 천도복숭아 두 개를 머리에 받쳐 들고 나는 형상의 '천도헌성무', 전립을 쓴 무당이 울긋불긋한 화려한 색깔의 치렁치렁한 옷차림 새로 활달한 춤사위를 선보이는 '비천무장무', 한 명의 무당이 화려한 의상을 입고 하늘을 향해 북을 치며 멋들어지게 춤을 추는 '비천타고무', 머리에 연꽃장식의 모자를 쓴 스님이 바라를 연주하는 '비천바라무', 하늘을 향해 나발을 치켜들고 힘차게 연주하는 모습인 '비천나발주악도', 머리에 고깔을 쓰지 않고 승무를 추고 있는 '비천승무도', 무당이 신 칼을 들고 춤을 추는 모습의 '비천신칼무'가 대웅전을 빛내고 있다.

천장에는 비천무가 춤을 추고

그 아래에 세 분의 불상[보물 제1274호]이 모셔져 있다. 가운데에 석가세존과 동쪽에 약사여래, 서쪽에 아미타여래 삼존불로 모셔져 있는데 흙으로 만든 이 불상들은 석가세존이 5.5m이고 협시불은 5.2m의 거대한 불상들이다. 나라 안에 소조불로 가장 큰 이 불상은 워낙 크기 때문에 법당 안이 오히려 협소하게 느껴질 정도이다. 무량사처럼 2층 법당이 있으면 몰라도 1층 법당으로는 무리지 않을까 싶은 이 불상은 나라 안에 큰 일이 있을 때마다 땀을 흘린다고 알려져 있다.

또 하나 이 불상이 도난을 입는 와중에서 복장유물이 수습이 되었으며 그때 세 불상에서 똑같은 내용의 『불상조성기』가 발견되었다. 그 중에 "이 불상을 만드는 공력으로 주상전하는 목숨이 만세토록 이어지고 왕비전하도 목숨을 그와 같이 누리시며 세자저하의 목숨을 천년토록 다함없고 속히 본국으로 돌아오시며 봉림대군께서는 복과 수명이 늘어나고 또한 환국하시기를……. 원하옵니다"라는 내용이 담겨 있다.

억불숭유정책 속에서 대다수의 절들이 선비들의 놀이터가 되었던 시절, 병자호란丙子胡亂으로 인해 붙잡혀간 사도세자와 봉림대군을 속히 돌아오게 해 달라는 의미에서 제작된 이 불상은 세월 속에 한 역할을 담당했었고, 지금은 힘들고 어려운 이 땅에 민중들의 맺힌 한과 기원을 들어주는 역할을 담당하고 있다.

대웅전의 수미단 위에는 전패 또는 원패라고 불리는 조각이 아름다운 목패 세 개가 서 있다. 왕과 왕비 그리고 왕세자의 만수무강을 비는 축원 패로서

보물 제1274호 | 완주 송광사 소조석가여래삼불좌상 및 복장유물 完州 松廣寺 塑造釋迦如來三佛坐像 및 腹藏遺物.
좌로부터 석가불, 약사불, 아미타불

세 개 모두 2m이 넘고 구름 속에서 화염을 날리며 꿈틀거리는 용무늬가 복잡하게 조각된 앞면은 매우 절묘하다는 평가를 받고 있다. 대웅전에서 바라보면 남서쪽에 송광사 종루가 있다. 우리나라 전통건축에서는 찾아보기가 힘든 십자각인데 십자각이라는 이름은 건물의 평면구성이 十자 모양으로 되어 있기 때문에 붙여진 이름이다. 12개의 기둥을 사용하며 2층 누각 형태를 갖춘 건물이다. 이 십자각 내에는 1716년(숙종 42)에 주조된 범종과 법고, 목어 등이 있다.

구불구불한 뱀재를 올라가면 위봉산성이 나타난다. 이 산성은 고개 너머에 있는 위봉마을을 안고, 경사가 심한 도솔봉, 장대봉과 같은 위봉산의 봉우리를 그렇게 한 바퀴 돌아 감쌌다. 위봉산성은 숙종 원년(1675)에 태조 이성계의 초상화를 모셔 두기 위해 세운 산성이다.
임진왜란壬辰倭亂과 정유재란丁酉再亂 때 그리고 인조 때의 병자호란 당시 경기전에 모신 이태조의 영정影禎과 왕조실록이 여러 번 피신하는 수난을 겪었다.

완주 위봉산성

정읍 내장산의 용굴암, 충청도, 경기도 강화, 평안도 묘향산, 무주의 적상산성 등이 피난처였는데 병자호란 때는 정읍 내장산으로 왕조실록을 옮긴 사람이 손화중의 선조였던 손홍록이었다. 이에 전주에 가깝고 지형이 험한 위봉산을 골라 성을 쌓은 것이다.

농민혁명 당시 판관 민영승이 태조의 영정과 위패를 위봉산성 안에 있는 위봉사 경산 스님에게 맡겨두고 공주로 도망친 일이 있다. 그때 이태조의 영정은 대웅전의 법당 안에 부처님과 함께 모셔졌었고, 영정을 지키고자 성안에 행궁을 세우고 영정이안소影幀移安所라 했다고 한다.

성을 쌓았을 당시『완산지完山志』에 의하면 성의 둘레는 35리(16km)에 달하고 높이는 8척(4.5m)쯤 되었다. 그곳에 전라도 곳곳의 병기를 두는 창고가 늘

보물 제608호 | 완주 위봉사 보광명전 完州 威鳳寺 普光明殿

완주 위봉폭포

어서 있었다고 한다. 서·북·동에 3개 문이 있었는데 두 개는 허물어져 버리고 문루가 있던 서문, 즉 홍예문만 남아 옛날의 자취를 전해주고 그 고개를 넘어가면 위봉마을 깊숙한 곳에 백제 무왕 때 창건된 위봉사가 있다.

백제 무왕 5년 서암대사가 창건했다고 알려졌지만 1868년 포련화상이 쓴 『위봉사 극락전 중수기』에 의하면 신라 말기 최용각이라는 사람이 산천을 주유하다가 이곳에 이르자 옛 절터를 찾아 절을 지었고 그 뒤 공민왕 때 나옹 스님이 가람을 이룩하였다고 한다. 한때 31본사 중의 하나로 전북 일원의 46개 사찰을 관할하는 대사찰이었던 위봉사에 농민혁명 당시의 것으로 남아 있는 것은 보광명전[보물 제608호] 뿐이다.

6.25때 모두 불타버린 것을 얼마 전에야 대대적으로 중창불사를 벌려 그 옛날의 호젓함이 사라진 위봉사를 지나 위봉폭포에 이른다. 높이가 60m에 2단으로 쏟아지는 물줄기가 두 줄기 명주실을 늘어놓은 것 같은 위봉폭포는 주위의 기암괴석과 울창한 숲이 한데 어우러져 전주 팔경 중 하나로 손꼽힌다.

조선시대 불교 중흥의 사찰

경기도 양주 회암사

의정부는 원래 의정부라고 불리지 않았다. 아들들의 왕위 계승을 놓고 골육상쟁을 지켜본 태조 이성계는 결국 다섯째 아들이었던 태종에게 왕위를 물려준 뒤 함흥으로 돌아갔다. 함흥에 가 있는 태조에게 태종은 신하들을 보내어 여러 차례 한양에 돌아오기를 요청하였다. 그러나 태조는 돌아오기를 거절하였고 함흥차사라는 말도 그것에서 유래되었다. 태종과 신하들의 간곡한 부탁으로 함흥에서 돌아온 태조는 그의 유일한 벗이었던 무학대사가 머물러 있던 회암사에 주로 머무르게 되면서 회암사를 찾는 태종의 발걸음도 잦아지게 되었다. 그때에 국가 최고의 기관인 의정부를 이곳으로 옮겨 나랏일을 의논했으므로 그때부터 이곳의 이름이 의정부가 되었고 1942년부터 정식지명이 된 것이다.

의정부를 지나 경원가도를 달리다 덕정 3거리에서 우회전하여 20리쯤을 달

사적 제128호 | 양주 회암사지 楊州 檜巖寺址

리면 포천과 양주 땅을 가르고 솟아 있는 칠보산이 그 위용을 드러낸다. 연이은 바위 봉우리와 소나무 숲이 빼곡한 천보산은 멀리서 바라보아도 범상치 않은 산의 위용을 드러내는데, 그 산 남쪽에 회암사터[사적 제128호]가 있다. 경기도 양주군 회천면 회암리에 위치한 고려시대의 절터 회암사터는 면적이 1만여 평에 달한다.

『신증동국여지승람新增東國輿地勝覽』「양주목불후조」에 "1174년 금나라 사신이 왔는데 춘천 길을 따라 인도하여 '회암사'로 맞아들였다"라는 기록과 함께 고려 때의 스님인 보우의 비문에 "13세의 나이로 회암사 광지선사로 출가하였다"라는 내력이 실려 있다. 그러나 대다수의 기록들에는 회암사를 인도의 스님으로 고려 땅에 들어와 불법을 폈던 지공화상이 창건한 것으로 알려져 있다. 인도에서 원나라를 거쳐 고려에 들어온 지공화상은 당시 인도 최고의 불교대학이었던 나란타사를 본떠 266칸의 대규모 사찰을 창건했다. 『신증동국여지승람』에 "지공이 여기 와서 말하기를 산수형세가 완연히 천축국天竺國 나란타절과 같다" 하고 말한 후 절을 지었다고 전한다.

지공화상은 1363년에 열반에 들고 1376년 지공회상의 제자이며 고려 말의 뛰어난 스님이었던 나옹화상이 중건불사를 하게 된다. 회암사는 드디어 전국 사찰의 본산이 되면서 수많은 승려들과 대중들이 머물게 되었고 절의 승려 수가 3천여 명에 이르게 되었다. 4년에 걸친 불사를 마치고 낙성식을 열고 있는 중에 갑작스런 왕명이 내려온다. 나옹 스님을 밀양의 영원사로 옮기라는 것이었다. 회암사는 당시의 서울인 개경과 가까운 거리에 있어 나옹을 찾는 사람들의 왕래가 끊이지 않았고, 특히 나옹의 법력에 이끌린 전국의 부녀자들이 일손을 멈추고 길이 막힐 지경으로 몰려들어 생업에 지장을 초래하지 않을까 염려했기 때문이었다.

나옹화상은 왕명을 받아들인 후 회암사를 떠나 여주 신륵사로 향하자 수많은 대중들이 길을 가로막았다. 나옹은 결국 57세에 여주 신륵사에서 열반에 든다. 그 뒤 나옹화상의 제자 각선 스님이 회암사의 불사를 마쳤다. 그때 집이 262칸에 15척 되는 불상이 7구나 있었으며 10척의 관음상을 모셨다고 한다. 목은 이색은 『천보산회암사수조기天寶山檜巖寺修造記』에 "집과 그 모양새가 굉장하고 미려하여 동방에서 첫째"라고 적었고 이 절은 그 뒤 나옹화상의 제자 무학대사가 중건한다.

태조 이성계는 자신의 스승인 자초, 즉 무학대사를 회암사에 머무르게 하였고 불사가 있을 때마다 대신을 보내 침례하도록 하였다. 또한 이성계는 둘째 아들 정종에게 왕위를 물려주고 태종의 둘째 아들 효령대군과 함께 이곳에서 수도생활을 한 것으로 유명하다. 이성계와 무학대사가 이곳에 머물렀음을 입증이라도 하듯 2000년 6월 쯤 이성계와 무학대사 등의 호칭이 새겨진 대형 청동 풍탁[27]이 발견되었다. '왕사묘엄존자조선국왕왕현비세자王師妙嚴尊者朝鮮國王王顯妃世子'라는 15자字가 새겨져 있어서 새삼 시공을 초월한 역사가 근거가 있었음을 보여주고 있다.

조선시대 불교 중흥의 본산, 회암사

회암사는 성종 3년(1471) 세조비 정희왕후의 명으로 3년간에 걸쳐 중창하게 되고 명종 때에 이르러 크게 중창하게 된다. 불심이 깊었던 명종의 어머니 문정왕후의 신임을 얻은 허응당 보우대사가 회암사를 중심으로 불교 중흥을 기도한 것이다. 낙성식을 겸한 무차대회를 열고(1565년 4월 5일) 그 이틀 뒤인 4월 7일 문정왕후가 세상을 떠나자 유생들은 보우를 처형하라는 상소를 올리게 된다.

사월 초파일날 제주도로 유배당한 보우대사는 제주목사 변협에 의해 처형당하고 나옹화상 이후 200여 년간에 걸쳐 전국 제일의 도량이었던 회암사도 같은 운명에 처하며 불태워졌다. 순종 때인 1800년대에 폐사가 되었다고 알

27) 건물 추녀에 매달던 종

양주 회암사 대웅전

려진 회암사는 또 다시 수난을 당하게 된다. 회암사터 북쪽 한쪽의 부도전에 모셔져 있던 지공, 나옹, 무학대사의 부도와 부도비 등 유물이 광주의 토호 이응준에게 세거되고 반 것이다.

홍선대원군이 그의 아버지 남연군묘를 예산 가야사 절터인 금당 터에다 기존 터를 부수고 아버지 묘택으로 모셨던 것처럼 당시 대부분의 지방토호들은 절을 빼앗아 자신들 선조의 묘택으로 삼고자 했다. 이응준은 그 당시의 이름난 풍수사 조대진이 "삼화상의 부도와 부도비를 없애버린 후 그곳을 묘역으로 삼고 법당 터에다 묘지를 세우면 크게 길한다"고 부추기자 이를 실행했다. 이 일은 7년 뒤에(순조 28년 1828) 세상에 알려졌다. 이응준과 조대진은 외딴 섬으로 유배를 갔고 경기 지방의 스님들의 모여 상의한 결과 현재

보물 제2012호 | '회암사'명 약사여래삼존도 '檜巖寺'銘 藥師如來三尊圖

의 절터에서 800여m 떨어진 천보산 중턱에 절을 짓고 회암사의 절 이름을 이어받기로 하였다. 그리고 그 산 언덕배기에 세 분의 부도와 부도비를 다시 세우고 흩어진 유물들을 수습했다는 기록이 무학대사의 음기에 기록되어 있다. 하지만 그 과정 중에 지공선사와 무학대사의 부도비의 몸돌은 복구되지 못하고 말았다.

회암사의 남아 있는 문화유산으로는 무수한 석조유물들과 함께 국립중앙박물관에 보존되어 있는 1506년에 조성된 가로 54cm, 세로 30cm의 감지에 금물로 그린 〈회암사 약사삼존도[보물 제2012호]〉가 있을 뿐이다.

회암사지에 들어서면 먼저 눈에 띄는 것이 질서도 정연하게 배치된 축단과 계단 치장이다. 일주문을 들어서면 대웅전터로 장려한 석축들과 위로 532개나 남아 있는 주춧돌도 그렇지만, 현재 발굴되고 있는 곳에 드러나는 절의 짜임새를 보면 전라도 지역의 미륵사터나 경주 황룡사지의 장엄함에만 길들여온 우리들을 놀라게 하는 아기자기한 조형미가 일품이다. 특히 맨 앞쪽 축대 정면 계단석엔 둥근 북 모양 안에다 태극 문양을 새겨 궁궐 건축에서나 볼 수 있는 조형미를 갖추었다. 이 절 곳곳에 들어서 있던 전각들의 이름들은 다음과 같다.

관음전, 미타전, 동·서승당, 동서파침, 고루, 사문루, 열중전, 향적전, 도사료, 자빈후, 양근방 등이다.

경기도 유형문화재 제52호 | 회암사지부도탑 檜岩寺址浮屠塔

법당터 옆에는 사찰의 화장실 자리가 있었다. 발굴 중에 있는 회암사터, 석축과 계단을 차례로 올라가면 그 끝머리에 회암사의 흥망을 지켜보았을 회암사터 부도[경기도 유형문화재 제52호]가 있다. 이 부도탑은 8개의 널돌로 된 8각 기단 위에 4개로도 하대석에는 용마 무늬가 선명하게 새겨져 있다. 그 위에 놓인 두 개로 된 8각 하대석, 중대석에도 각 면에 인당초문이 조각되어 있으며 그 뒤에 다시 당초문을 두른 중대갑석이 있고 팔부신중을 조각했다.

중대석과 상대석 사이의 갑석엔 복련과 화려한 꽃무늬 양련으로 빈틈없이 돌리고 3단의 받침대를 놓은 다음 둥근 몸돌을 얹어 조선시대 부도의 특징을 잘 보여주고 있다. 그 모양새나 수법으로 보아 조선 초기에 세워진 것으로 보이지만 건립연대와 부도의 주인공이 누구인지는 확실하지 않다. 일설에는 보우라고 보는 사람들도 있지만 1472년 회암사 중창 때에 이 절을 중창했던 처안處安대사의 공적을 기린 부도탑으로 보는 설이 더 유력하다.

절 입구에 세워져 있는 회암사터 당간지주와 회암사터 부도만 온전하게 서 있는 채 따사로운 햇살을 받으며 그 옛날의 모습들을 떠올리고 있고 길은 천마산 산행 길에 접어든다.

산 능선에는 부도 탑만 남고

오래 전에 KBS 대하사극 〈용의 눈물〉로 회암사터가 알려진 이래 회암사를 찾는 사람들이 제법 많다지만 정작 회암사에 고색창연한 옛 건물은 없다. 현재의 회암사는 순조 28년에 이응준에 의해 훼손된 유물을 보존하기 위해 세웠다. 절을 벗어나 천보산 등산로 변으로 통하는 언덕에 올라서면 부도와 부도비 등이 줄을 이어 서 있다. 풍수지리상으로 볼 때 회암사를 중심으로 좌청룡의 단단한 등허리에 해당한다는 이 언덕에 지공화상의 부도와 석등이 있고 아래쪽에는 무학대사의 부도와 석등이 있으며 맨 위쪽으로 나옹선사의 부도와 석등이 서 있다. 맨 아래쪽에 자리 잡은 무학대사無學大師의 부도[보물 제388호]는 그가 입적한(태종 7년 1407년) 그 해에 건립했는데 조선시대 부도 중 가장 뛰어난 걸작으로 평가받고 있다.

탑 주위에 여덟 개의 돌기둥을 8각으로 돌려세우고 그 사이마다 돌난간을 두른 뒤 그 안에다 8각원당형의 부도를 세웠다. 부도의 각 층 마다에 용, 구름, 연꽃 등을 섬세한 솜씨로 조각해 아름답고 우아하기 이를 데 없다. 부도탑을

보물 제388호 | 양주 회암사지 무학대사탑 楊州 檜巖寺址 無學大師塔

떠받들고 있는 지대석은 한 장의 8각형 돌로서 각 면에는 구름무늬를 굵은 선으로 조각하였는데 각 모서리의 구름무늬가 유난히 크다.

하대석은 16겹의 복판연화문이 귀꽃과 함께 화려하게 조각된 복련대이며, 중대석은 8각의 3단 받침을 마련하고 양렬을 돌려 파게 했으며 상대석 위의 탑신은 원형으로 표면에는 운룡문이 가득 조각되어 있다. 특히 용머리와 몸체, 비늘 등이 매우 사실적으로 표현되어 있어 생동감이 있으며 구름무늬 또한 뒤엉킨 채 몸체에 빈틈없이 조각되어 있다. 탑신과 달리 8각을 이루는 옥개석으로 연목이 뻗어 있으며 추녀는 평이하지만 부드럽게 모양을 내어 자연스럽다.

부도탑 바로 아래 무학대사의 부도 앞에 촛불공양을 올리는 듯싶은 쌍사자

보물 제389호 | 양주 회암사지 무학대사탑 앞 쌍사자 석등 楊州 檜巖寺址 無學大師塔 앞 雙獅子石燈

경기도 유형문화재 제51호 | 무학대사비 無學大師碑

석등[보물 제389호]이 있다. 쌍사자 석등은 상하 평면은 방형이고 지대석과 하대석은 한데 붙여서 만들었다. 그 뒤로 간석은 쌍사자로 대신하여 신라시대의 형식을 취하고 있다. 하나의 돌에 서로 엉거주춤 쭈그리고 있는 쌍사자는 가슴과 배가 서로 붙어서 입체감이 없으며 엉덩이가 밑에 닿아서 하체의 표정이 매우 부자연스럽게 보인다. 그러나 사실에 가까운 복실복실한 머리털과 사자의 뒷모습은 바라볼수록 예쁘다. 상대석은 하대석과 같이 8엽 앙화仰花가 조각되어 있고 화창은 앞 뒤 두 곳에 두었다. 추녀가 날렵하게 들어 올려진 목조건축물의 지붕 같은 이 쌍사자 석등은 높이가 2.5m이며 청룡사 보각국사 정혜원융탑과 비슷하다.

쌍사자 석등 아래에 있는 무학대사 부도[경기도 유형문화재 제51호]는 부도탑이나

경기도 유형문화재 제49호 | 지공선사부도및석등 指空禪師浮屠및石燈

석등과는 달리 특별한 문양이나 조식이 없이 단조롭게 만들어졌다. 이 부도비는 높이가 3.4m 너비는 0.9m 두께는 30cm이다.

또 아래에 있는 지공화상 부도와 석등[경기도 유형문화재 제49호]은 1370년 원나라에서 지공의 제자 달예가 지공의 사리를 봉안해 고려로 가져오자 나옹懶翁화상이 회암사에 봉안하고 고려 공민왕 21년(1372)에 세워졌다. 지공화상의 부도비는 부도

보물 제387호 | 양주 회암사지 선각왕사비 楊州 檜巖寺址 禪覺王師碑

가 만들어진지 2년 뒤인 1374년에 이색이 비문을 지어 나옹화상이 세웠다. 지대석 위에 4각의 높은 굄대를 놓았으며 237Cm 키의 비신을 세운 다음 목조 건축 형식의 지붕돌을 얹었고 전체 높이는 365Cm이다. 부도는 8각 지대석 위에 상중하기단을 두었으나 문양이나 조식이 없이 단조롭고 소박하며 석등은 왕릉에서 흔하게 볼 수 있는 장명등처럼 생겼다. 여기서 한 20걸음쯤 산 위로 오르면 나옹화상의 부도와 석등[보물 제387호]을 만날 수 있다.

나옹화상의 부도와 석등은 그가 불법을 깨닫고 가르침을 베풀었던 이곳 회암사와 그가 열반에 들었던 여주 신륵사 등 두 군데에 있다. 그러나 신륵사에 세워진 부도와 석등이 회암사 터에 있는 것보다 3년 뒤에 만들어졌음에도 불구하고 미적 감각이나 여러 가지 정황들이 큰 차이가 있다. 이곳에 있는 나옹화상의 부도나 석등이 지공화상의 부도와 석등과 별다른 차이점을 발견할 수 없는 것과는 달리 신륵사의 부도는 조선시대의 새로운 모델로 등장하는 석종형 부도이다. 이 비는 당비의 형식을 닮은 복고풍의 비로 개석이 없다. 즉 이수를 별도로 만들지 않고 비신 상부에 쌍룡을 조각하고 그 중앙에 제액을 만들어 '선각왕사지비禪覺王師之碑'라는 여섯 글자가 새겨져 있다. 화강암으로 된 이 비는 보존상태가 매우 좋고 비문은 이색이 짓고 글씨는 권중화가 썼다.

비문에 따르면 왕사의 휘는 혜근, 호는 나옹이었고 초는 원혜이고 영해부 사람이다. 이 비의 글씨는 예서로서 고구려의 광개토왕릉비와 중원 고구려비 후 처음으로 쓰인 것이라고 한다. 그 당시에는 중국의 원나라, 명나라에서도 예서를 쓰지 않았기 때문에 우리나라 예서연구가 얼마나 활발하게 연구되고 있었는가를 가히 짐작해 볼 수가 있다. 『동국금석편』에서 나옹화상의 비를 "팔분서인데 태정하나 신채가 없다"고 평하였지만 결구도 임정하고 필력도 주경하며 예법을 깊이 터득한 것으로 보아 중국의 〈희평석경熹平石经〉을 방불케 하는 우수한 작품이다.

월출산의 영험한 기운이 흐르는 유서 깊은 선종 고찰

전라남도 영암 **무위사, 도갑사**

무위사는 전라남도 강진군 성전면 월하리의 월출산(809m) 동남쪽에 있는 사찰로서 대흥사의 말사이다. 『사기史記』에 의하면 이 절은 신라 진평왕 39년(617)에 원효대사가 창건하여 관음사라고 하였고, 헌강왕 원년(875)에 도선국사가 중창하면서 절 이름을 갈옥사로 바꾸면서 수많은 스님들이 머물게 되었다. 그 뒤 고려 정종 원년(946)에 선각국사가 3창하면서 방옥사라고 개명하였고, 조선 명종 5년에 태감선사가 4창하면서 인위나 조작이 닿지 않은 맨 처음의 진리를 깨달으라는 뜻의 '무위사'라는 이름을 붙였다.

조선 초기 선종사찰에서 태고종 절로 바뀐 무위사는 사찰 통폐합의 와중에도 이름난 절에 들어 그 위세를 유지하게 되는데, 그것은 죽어서 제 갈 길로 가지 못하고 떠도는 망령들을 불력으로 거두는 수륙재를 지내는 수륙사로 지정되었기 때문이었다.

강진 무위사 전경

절의 건물로는 극락보전, 명부전과 벽화보존각, 천왕문, 응향각, 천불전, 미륵전, 산신각 등이 남아 있어 56동에 이르렀다는 옛 절의 모습을 미약하나마 보여주고 있다고 한다. 그러나 무위사의 『사석기』는 여러 가지 모순점을 지니고 있다. 우선 원효만 해도 진평왕 39년에 출생하였기 때문에 창건연대가 훨씬 뒤일 수밖에 없다. 정확하게 말한다면 도선국사가 창건하였다고 볼 수 있는데, 그 또한 의문점으로 지적되고 있다.

『조선불교통사朝鮮佛敎通史』를 지은 이능화나 금서룡 같은 학자들은 "도선국사는 실제 인물이 아니고 형미대사의 행적을 바탕으로 몇 사람의 행적을 보태어 꾸며낸 가공의 인물일 것이다"라는 주장을 폈었다. 그 말도 일리가 있는 것이 후삼국시대 선종과 함께 도입된 풍수도참사상이 고려시대를 풍미하였고, 고려 건국이 풍수도참사상으로 이미 예정된 것이었다는 사실을 들어 고려 왕권의 당위성을 정당화한 것이라고 볼 수 있다. 또 하나 선각대사 형미와 선각국사 도선에 대한 오류가 적지 않다. 두 사람의 시호가 다 같이 선각이었기 때문에 오래 전부터 전문가들까지 두 인물을 동일한 인물로 보았기 때문이다.

형미는 친왕건 세력으로서 후백제 지역인 이곳에서 선종세력으로 성장하였고, 회군하는 왕건을 따라 태봉국의 수도였던 철원으로 올라갔다. 그는 궁예가 정신이상으로 처자까지 죽이고 왕건을 의심하여 죽이려 하자, 왕건을 비호하다 917년에 궁예에게 죽임을 당했다. 궁예의 책사였던 종간과 은부 역시 궁예에게 의심을 받자 왕건에게 돌아서고, 미륵의 나라를 건설하고자 했던 궁예는 역사 속으로 자취를 감추게 된 것이다. 고려의 승려였던 광운은『도선전道詵傳』에서 도선을 이렇게 말하고 있다.

> 도선의 어머니 최 씨가 한자 넘는 외를 따먹고 처녀로 임신하여 도선을 나았으며 애비를 모르는 자식이라 하여 그 친정 부모가 화를 내고 대밭에 버렸다. 그러자 비둘기와 매들이 날라 와서 날개를 덮고 보호하였으므로 다시 데려가 길러 출가를 시켰다. 그는 당나라로 건너가 일행선사로부터 풍수도참설을 전수 받았다.

고려불화의 맥을 잇는 후불벽화와 월남사지 3층석탑

가을이면 피어나는 상사화가 사람의 혼을 빼앗아 갈 것 같은 요사채 쪽의 작

국보 제13호 | 강진 무위사 극락보전 康津 無爲寺 極樂寶殿

은 꽃밭에는 느티나무, 팽나무가 그늘을 드리우고 있고, 정면에 소박한 아름다움이 어떠한 것인지를 무언으로 보여주는 무위사의 극락보전[국보 제13호]이 단아하게 서 있다. 김제 귀신사의 대적광전이나 예산 수덕사의 대웅전, 부석사의 조사당과 안동 봉정사의 극락보전 같은 고려시대 맞배지붕 주심포 집인 무위사의 극락보전은 바라보면 볼수록 단정하면서도 엄숙한 조선 선비의 전형을 보는 듯하다.

극락보전은 1983년 해체 복원공사 중 발견된 묵서명에 의하면 정면 3칸에 측면 3칸으로, 조선 초기인 세종 12년(1430)에 효령대군이 지었다고 기록되어 있다. 또한 1950년 극락전 수리 공사를 하던 중 본존불 뒤쪽의 벽화 아래 서쪽에 쓰인 열기문에 의하면 성종 7년(1476) 병신년에 후불벽화가 그려졌음

국보 제313호 | 강진 무위사 극락전 아미타여래삼존벽화 康津 無爲寺 極樂殿 阿彌陀如來三尊壁畵

을 알 수 있다. 조선 전기를 대표할 만큼 뛰어난 아미타 삼존좌상이 어느 때 조성되었는지 확인할 길이 없으나 극락보전 안벽에 그려져 있는 많은 벽화들을 1974년 해체 보수하다가 그 벽화들을 통째로 드러내어 벽화 보존각을 지어 따라 보관하고 있다. 고려불화의 맥을 잇는 전통적인 후불벽화[국보 제313

보물 제1312호 | 강진 무위사 아미타여래삼존좌상 康津 無爲寺 阿彌陀如來三尊坐像

화]는 신필에 가깝다. 그 벽화에 얽힌 일화는 이렇다.

법당이 완성된 뒤 이 절을 찾아온 한 노거사가 벽화를 그릴 테니 49일 동안 법당을 들여다보지 말라고 하였다. 49일 되던 날 무위사 주지가 문에 구멍을 뚫고 법당 안을 들여다보니 파랑새 한 마리가 입에 붓을 물고 마지막으로 후불탱화의 관음보살 눈동자를 그리고 있었다. 새는 인기척을 느끼고 어디론가 날아가 버려 지금도 후불탱화의 관음보살상에는 눈동자가 없다. 그 앞에는 아미타여래삼존좌상[보물 제1312호]이 모셔져 있다.

극락전 옆에는 선국대사 형미의 부도비와 삼층석탑이 서 있고, 미륵전에는 마음씨 좋은 동네 아줌마 형상의 미륵불이 모셔져 있으며 그 옆에는 산신각이 있다. 월남사지에서 놀랐던 것은 월남리에서 월남리 3층석탑[보물 제298]

을 바라보고서였다. 은선리 3층석탑이나 부여 정림사지 5층석탑을 연상시키는 탑의 모양새도 마음에 들었지만, 무엇보다 월출산 경포대 계곡의 우뚝 우뚝 솟은 암벽들과 절터에서 나왔음직한 석재들로 쌓은 돌담의 어울림이 마음을 사로잡았다. 그러나 흐르는 역사 속에서 옛 영화는 간데없고 탑 하나, 덜렁 남아 침묵하고 있다.

보물 제298호 | 강진 월남사지 삼층석탑 康津 月南寺址 三層石塔

『동국여지승람東國輿地勝覽』에 의하면 이 절은 고려 중기 송광사에 주석하면서 수선결사운동을 펴다가 입적한 보조국사의 대를 이어 수선결사를 이끌었던 진각국사 혜심이 창건하였고, 이 비는 이규보가 썼다고 전해지지만 창건 이후 중창에 관한 기록은 없다. 다만 『가람고伽藍考』 등에 이 절이 있다고 기록된 것으로 보아 조선 후기에 폐사되었을 것으로 추측할 뿐이다.

보물 제313호 | 강진 월남사지 진각국사비 康津 月南寺址 眞覺國師碑

이 석탑을 대부분의 연구자들은 벽돌 모양으로 만든 모전석탑이라고 부르는데 실상은 그렇지 않고 백제 탑을 모방한 고려 탑이라고 볼 수 있다. 월남사지 석탑에서 100m쯤 가면 동백나무 숲 속에 부도비[보물 제313호]가 있다. 진각국사 혜심의 비이다. 비문에 그의 제자였던 최이, 최창 등 고려 무신정권의 핵심인물들이 기록되어 있지만 역사는 무상한 것이라서 깨진 비석을 등에 진 채 용머리 형상의 거북이만 남아 그 옛날을 증언할 뿐이다.

월출산의 나무와 꽃은 바라볼수록 아름답다

월남사지에서 천황봉 쪽으로 산을 오른다. 얼마쯤 올랐을까. 계곡 물소리 매미소리가 귀를 어지럽힌다. 굴참나무, 야생차나무들이 우거진 산길에 큰 두꺼비 한 마리가 지나간다. 흐르는 물소리가 밤새워 꿈속을 흐르던 그 세월의 강줄기 같고 또 답답했던 어제가 몇 억 광년 저 편에서 일어났던 한 줄기 아스라한 꿈 속 같기도 하다. 계곡을 건너며 나뭇잎 사이로 바라보는 하늘은 햇살 때문에 눈이 부시다. 작살나무, 비목나무 우거진 길을 지나 걸포데 약수터에서 물 한 바가지를 마시고 잠시 오르자 시누대 숲이 우거진 곳에 옛 우물터 자리가 있다. 이 시누대 숲 우거졌던 곳에 옛 시절 사람들의 힘겨웠던 삶들이 펼쳐졌을 것이다. 참나무, 졸참나무 팻말을 보다가 물푸레나무에 눈이 멎었다. 능선에 올라서자 드러나는 바위산들. 먼 산이 너무 가깝고 바라보는 모든 풍광들이 더 없이 빼어나다.

통천문을 지나 해발 809m 천황봉의 정상에 선다. 바람은 아름답게 불고 조금 전만 해도 보이지 않던 구름들이 발밑까지 가득 올라오고 있다. 월출산은 안개나 구름이 수시로 뒤덮는다. 그래서 오죽하면 윤선도가 "월출산이 높더니 마는 미운 것이 안개로다. 천황 제일봉을 일시에 가져와 다 두어라 해 퍼진 뒤면 안개 아니 걷으랴"라고 노래했을까.

월출산은 평지돌출의 산으로 기암괴석이 많아서 남도의 소금강산으로 불리고 있다. 산의 최고봉은 천황봉이며 구정봉(743m), 도갑산, 월각산, 장군봉, 국사봉 등이 연봉을 이룬다. 대체로 영암군 쪽에 속하는 산은 날카롭고 가파른 돌산이며 강진군 쪽에 속하는 산은 육산이다. 『동국여지승람東國輿地勝覽』에 월출산은 신라 때에는 월나산月奈山, 고려 때에는 월생산月生山이라고 불리었다. 월출산은 그 아름다움으로 인하여 시인 묵객들의 칭송을 들었다. 고려 때의 시인 김극기는 "월출산의 많은 기이한 모습을 실컷 들었거니, 그늘 지어내고 추위와 더위가 서로 알맞도다. 푸른 낭떠러지와 자색의 골짜기에는 만 떨기가 솟고 첩첩한 봉우리는 하늘을 뚫어 웅장하며 기이함을 자랑하누나"라며 월출산을 노래하였고, 매월당 김시습은 "남쪽 고을의 한 그림 가운데 산이 있으니 달은 청천에서 뜨지 않고, 이 산간에 오르더라" 하였다.

수많은 학자, 명승을 나은 월출산의 영험한 자연기운

월출산은 수많은 기암괴석이 어우러진 모습이 하나의 거대한 수석처럼 보이기도 하고 한 폭의 아름다운 산수화가 되기도 하지만 나무나 풀 한 포기 제대로 키울 수 없는 악산으로 보이기도 한다.

국보 제50호 | 영암 도갑사 해탈문 靈巖 道岬寺 解脫門

1973년 3월에 도립공원으로 지정되었다가 1988년에 국립공원으로 승격된 이 산자락 아래에서 수많은 인물들이 태어났다. 도갑사 근처의 구림마을에서 풍수지리학의 원조인 도선국사가 태어났고, 일본에 『논어論語』와 천자문을 가지고 건너가 학문을 전하고 일본 황실의 스승이 된 것으로 알려진 왕인 박사가 도갑사 근처에서 태어났다. 그래서 도선과 관련된 최치원, 백의 등의 이름과 왕인 박사와 관련된 책굴, 돌정 고개, 상대포 등의 지명이 지금도 남아 있다.

도갑사에는 도갑사 해탈문[국보 제50호]이 있고, 구정봉의 서북면 암벽 아래에

국보 제144호 | 영암 월출산 마애여래좌상 靈巖 月出山 磨崖如來坐像

는 월출산 마애여래좌상[국보 제144호]이 있다. 신라가 삼국을 통일한 뒤에 이곳 백제 유민들이 구정봉의 아스라한 바위벽에 기어 올라가 쪼아 새겼다고 전해지는 벼랑새김 마애여래좌상은 석굴암에 있는 본존불의 두 곱쯤 된다. 또한 이 산자락 아래 구림면에는 마을의 질서를 지키고 미풍양속을 조장하기 위해 1565년에 만들어 지금까지 이어오는 구림대동계가 있다.

이 월출산에는 나무보다 바위가 많고, 바위들이 저마다 이름이 있다. 끈덕거린다는 깔딱바위, 기름종이 같은 기름바위, 흩어져 있는 회서리바위, 얹혀 있는 연친바위, 애기 업는 바위, 신틀을 걸었던 신틀바위, 배를 맸던 배 맨바위, 수좌스님 공부했던 수재바위, 청춘남녀 연애했던 사랑바위, 엽전꾸러미 증발했던 도둑바위, 팔매질하던 팽매바위, 피난 갔던 피난바위, 벼락 맞았던 벼락 바위 등 수많은 바위들을 어찌 다 볼 수 있을 것인가.

유서 깊은 불교문화유산이 즐비한 조선시대 경기 명찰

경기도 안성 청룡사, 석남사

> 내가 떠날 날이 앞으로 며칠 남았네. 만리(萬里)나 가야 할 여행 봇짐에 자네의 글이 없어서는 안 되니 반드시 오언율시(五言律詩) 여덟 수를 노자(路資)로 주게. 한 수라도 줄이면 무정하다고 할 것이네.

허균이 경술년 3월에 석주 권필에게 보낸 편지 중 일부분이다. 만리는 그만두고 천리도 안 되는 여정이지만 허균처럼 누군가에게 편지를 보내 아름다운 글 한 편 받아 가슴에 안고 떠난다면 얼마나 가는 길이 수월할까. 며칠 동안을 걷고 제대로 쉬지도 못한 채 한강을 따라 걷다가 나흘 만에 나서는 여정이라선지 발목이 편치가 않다. 괜찮으리라 마음먹지만 걱정까지 잠재울 수는 없다. 옛사람들은 매일 중노동에 몇 십 리씩을 걸었는데, 잘 먹고 잠 잘 자고 하루 80~90리씩을 걸었다고 해서 발병이 난다고 하면 산천초목도 웃을 일일 것이다.

경기도 문화재자료 제59호 | 청룡사삼층석탑 靑龍寺三層石塔

내원암과 서운암을 거느린 조선시대 경기지역 명찰 청룡사

거봉 포도의 고장이라고 알려진 입장에 접어들면서 시야에는 올라야 할 서운산이 나타나고, 가뭄이라 물이 많이 빠진 청룡저수지를 지나 청룡사 입구에 닿는다. 절에서 백여 미터쯤 올랐을까 시멘트로 만든 서운정이 보이고 자연지형을 이용하여 쌓은 서운산성이 나타난다. 서운산성은 서운산에서 뻗은 서쪽 능선에 서남쪽 방향을 해발 535m에서 460m 지점까지 삼태기 모양으로 둘러싼 토성으로 둘레는 약 620m이고 성벽의 높이는 6~8m이며 삼국시대에 축조된 성으로 여겨진다. 이 성은 임진왜란 당시 의병장이었던 홍계남과 이덕남이 쌓아 안성을 방어하였던 군사요충지로 성안에는 두 의병장의 대첩을 기념한 기념비와 석불이 있다.

보물 제11-4호 | 사인비구 제작 동종-안성 청룡사 동종 思印比丘製作 銅鍾-安城 青龍寺 銅鍾

숙종 46년(1720) 동현거사 나준이 지은 『청룡사 사적기』에 의하면 청룡사는 명본대사가 창건하고 1341~1367년에 나옹선사가 크게 중창했다고 한다. 이때 나옹선사가 서기어린 구름을 타고 내려오는 청룡青龍을 보았다 해서 본래 대장암이었던 절 이름을 청룡사, 산 이름을 서운산이라 고쳐 부르게 되었다고 한다. 고려 공양왕의 진영이 모셔져 있었으나 세종 6년(1424)에 다른 곳으로 옮겼고, 인조의 셋째 아들 인평대군이 원당으로 삼는 바람에 사세가 확장되었다고 한다. 그 뒤의 역사는 전해지지 않고 현재 남아 있는 건물은 대웅전을 비롯해 관음전, 명부전, 관음청향각, 대방 등이 있고, 3층석탑[경기도 문화재자료 제59호]이 대웅전 앞에 서 있으며, 조선 현종 때 것인 800근이 넘는 동종[보물 제11-4호]이 있다. 절 북쪽 관음전엔 1680년에 조성된 감로탱[보물 제1302호]이 있는데, 현재까지 알려진 것으로는 가장 오래된 감로탱이라고 전한다.

청룡사 대웅전[보물 제824호]은 정면 3칸 측면 4칸의 팔각지붕 건물로써, 자연적으로 축조한 기단 위에 화강석 주초석을 놓아 그 위에 다듬지 않는 굽은 나무들을 그대로 세운 나무기둥을 세우고 기둥 윗몸에 창방을 얹은 위에다

보물 제1302호 | 청룡사감로탱 靑龍寺甘露幀

보물 제824호 | 안성 청룡사 대웅전 安城 靑龍寺 大雄殿

보물 제1789호 | 안성 청룡사 소조석가여래삼존상 安城 靑龍寺 塑造釋迦如來三尊像

또 평방을 얹었다. 평방 뒤로 내외삼출목內外三出目의 포작공포를 짜 올렸으며 전혀 가공하지 않은 원목 그대로의 고목을 기둥으로 쓴 것에 감탄을 금할 길이 없다.

대웅전 양쪽 추녀 끝에 칼을 들고 서 있는 모습의 금강역사를 세웠는데 오른쪽엔 입을 굳게 앙다문 밀적금강이, 왼쪽에는 입을 벌린 채 공격 자세를 취하고 있는 나라연금강이 그려져 있다. 아마도 천왕문이나 금강을 따로 세우지 않은 청룡사에서 법당 추녀에서 잡귀의 침입을 막고 부정을 다스리며 부처님을 보호하도록 묘안을 짜내 세운 것일 것이다. 법당 안에는 석가모니불[보물 제1789호]이 모셔져 있고 좌우부처로 제화갈라보살과 미륵보살이 모셔져 있는데 이는 과거, 현세, 미래불을 나란히 모신 것이다.

청룡사가 사람들에게 널리 알려진 것은 황석영의 장편소설 『장길산』의 남사당패에 의해서였다. 안성군은 평택군, 천원군, 대덕군과 더불어 남사당패가 놀이판을 벌이는 큰 고을에 들었고 안성군이 남사당으로 알려지기 시작한 것은 1920년대 학자들이 남사당 후기라고 구분하여 불렀던 때부터였다고 한다. 그때까지만 해도 남자들만으로 놀이패가 짜여 졌던 남사당패가 여자들만으로 짜인 사당패와 서로 섞이고 사당패와 성격이 다른 걸립패와도 한데 섞이던 때가 그때였다. 그 무렵 이 일대를 돌아다니던 남사당패들이 이 청룡사에 적을 두고 있었다. 청룡사에서는 겨울이면 남사당패들을 절의 불목하니로 부리면서 잠자리와 먹을거리를 대주었는데 청룡사 법당의 중수기에는 남사당 패거리에 속하는 '거사'라는 이름들이 당당히 올라 있다.
이곳 청룡리 불당골은 이 나라 중부지역에서 노닐었던 남사당패의 본거지였다고 하는데 그것은 청룡사와 거리가 가까웠기 때문이었을 것이다. 남사당패는 농사철이 시작되는 봄부터 추수가 마무리되는 가을까지 마을을 떠나 나라 곳곳을 떠돌며 살다가 추운 겨울이 되면 청룡사로 찾아들었다.

신라 고찰 석남사엔 수행도량의 참선승이 머물던 흔적만 남고

청룡사에서 서운면을 벗어나면 충청북도 진천군 백곡면에 접어든다. 전라북도에 "살 제 남원 죽어 임실"이란 말이 있듯이 이쪽 지역에선 "진천에서 살다가 죽어서는 용인으로 간다"라는 말이 있다. 살기는 진천이 좋지만 죽은 혼령이 머무는 명당자리는 용인이 많기 때문인지 오늘날에도 내로라하는 사람들은 자기 조상의 묘를 용인 땅으로 많이 옮기고 있다.

안성 석남사 전경

길은 배티 고개를 넘는다. 백곡면 양백리에서 안성군 금광면 상중리로 넘어가는 배티 고개는 조선시대에 신천영이라는 사람이 반역의 뜻을 품고 불만을 품은 사람들을 규합하여 이곳에 주둔하자 북병사를 지냈던 이순곤이 의병을 모아 맞서 싸워 반역의 무리들을 물리쳤다. 이때부터 신천영이 패한 고개라 하여 패치敗峙라고 부르던 것이 오늘날의 배티란 이름으로 변하게 되었다고 한다. 한편 이곳에 오다보면 천주교 배티성지라는 팻말들을 많이 만나게 되는데 천주교 탄압 당시 난을 피하여 이 서운산 자락에 은거하며 옹기장사로 연명해가던 천주교도 30여 명이 관군에 붙잡혀 학살당한 곳이다.

배티 고개를 넘자 석남사 가는 표지판이 서 있다. 1.3km 석남사 가는 길로 접어든다. 서운산의 동북쪽 기슭에 자리 잡은 석남사石南寺는 조계종 제2교

보물 제823호 | 안성 석남사 영산전 安城 石南寺 靈山殿

구 용주사의 말사로서 신라 문무왕 20년(680)에 당대의 고승 석선이 개산하면서 창건했다. 그 후 문성왕 18년(856) 가지산문의 2조인 염거국사가 주석하면서 중수했고, 고려 광종의 아들 혜거국사가 크게 중건하는 등 이름 높은 스님들이 석남사를 거쳐 갔다. 따라서 이들 스승을 흠모하는 수많은 제자들이 찾아들어 수행지도를 받았으니, 석남사는 당시 수백인의 참선승이 머물렀던 수행도량이었다.

이에 세조는 석남사의 전통을 살리고 수행도량의 면모를 지켜가도록 당부했다. “석남사에 적을 둔 모든 승려의 사역을 면제하니 수도에만 전념토록 하라”는 친서교지를 내렸던 것이다. 그 뒤 석남사는 임진왜란 때 병화兵火를 당하고 영조 때 해원선사가 중수했으나 본래의 절 모습을 되찾지 못한 채 오늘에 이르고 있다. 현재 남아 있는 건물은 대웅전과 영산전뿐이지만, 영산전[보

경기도 유형문화재 제108호 | 석남사대웅전 石南寺大雄殿

물 제823호]은 조선 초기 건물의 특정 양식을 손색없이 지니고 있어 당시의 절 분위기를 짐작케 한다.

석남사 영산전은 정면 3칸 측면 2칸의 다포계 공포를 갖춘 팔작지붕집이다. 석남사 영산전은 특히 공포의 짜임새가 조선 초기와 중기 사이의 특징을 갖고 있다는 점에서 건축사적으로 중요한 자료가 되고 있다. 내외 2출목으로 각 기둥 사이에 공간포 1조씩을 짜 맞추어 견고하고 균형감 있는 외관을 이루고 있다.

석남사에는 현재 영산전과 대웅전[경기도 유형문화재 제108호], 고려시대 5층석탑 2기가 있고, 절 입구에 석종형 부도 2기가 있다. 가장 높은 지점에 위치한 대

경기도 유형문화재 제109호 | 석남사마애여래입상 石南寺磨崖如來立像

웅전은 본래는 영산천 아래쪽에 있었다고 한다. 현재의 자리로 이전할 때 발견된 기왓장에 영조 1년에 법당이 중건되었음이 표시되어 있다. 정면 3칸 측면 3칸의 대웅전은 겹처마 맞배지붕이다.

한낮이라 석남사에는 스님의 그림자는 보이지 않고 요사채에선 도란도란 이야기 소리만 다소곳하게 들려왔다. 석남사 영산전과 대웅전으로 오르는 돌계단 옆에는 이미 져버린 철쭉꽃들이 아름다웠던 추억을 여과 없이 보여주고 있었고, 영산전의 모든 문들은 활짝 열려 있었다. 자그마한 석탑 두 기가 호위하고 있는 듯한 영산전에 들어가 가만히 앉아 여러 형상의 금빛 옷을 입는 나한상들을 바라다본다.
석남사는 그렇게 조용히 뿌연 안개 속에 서 있고, 다시 길을 내려가 서운산으로 오르는 산행 길을 따라 500m쯤 산길을 올라갔다. 거의 다 올라왔을 것이다 생각했는데 바위가 없다. 여기 저기 두리번거리다 보니, 산 위쪽으로 수풀 속에 석남사 마애여래좌상[경기도 유형문화재 제109호]은 숨은 듯 서 있었다. 궁예처럼 찌푸린 채로 서 있는 마애여래좌상은 바위 질감이 좋지 않은지 마모가 심했고 코는 어느 때 누가 떼어갔는지 없어졌던 것을 시멘트로 붙여 놓았다. 높이 6m 폭 8m의 바위 면을 가득 채워 5.3m의 마래여래좌상을 조각했는데, 제작시기는 통일신라 때에서 고려 초기로 보고 있다.

녹음 우거진 숲길을 천천히 내려오면서 오늘 하루를 돌아다보니 불현듯 명나라 사람 하위연이 지은 〈구사嘔絲〉의 한 대목이 떠올랐다.

> 안목이 좁고 보면 그 품이 넉넉하지 않고, 마음이 좁고 보니 걸음걸이도 크지 않다.

신정일의
한국의 사찰
답사기

초판 1쇄 발행 2019년 12월 09일

글쓴이 신정일

펴낸이 김왕기
편집부 원선화, 김한솔
디자인 푸른영토 디자인실

펴낸곳 **푸른영토**
주소 경기도 고양시 일산동구 장항동 865 코오롱레이크폴리스1차 A동 908호
전화 (대표)031-925-2327, 070-7477-0386~9 · 팩스 | 031-925-2328
등록번호 제2005-24호(2005년 4월 15일)
홈페이지 www.blueterritory.com
전자우편 designkwk@me.com

ISBN 979-11-88292-91-2 03810